人喰い鬼の花嫁

綾里けいし

講談社
タイガ

イラスト――久賀フーナ
デザイン――長﨑 綾（next door design）

人喰い鬼の花嫁

壱

六月は雨。

やまない滴に、すべてが静かに濡《ぬ》れる季節。
それは、私の好きで、嫌いな季節でもある。
紫陽花《あじさい》の季節。熱の病《やまい》のおさまらない季節。
愛する、母さまの、死んでしまわれた季節。

でも、私の複雑な思いなど元京都府——二〇二〇年を超えた今となっても——京都陣と呼ばれる、この古都に棲《す》むものたちには関係がない。多くの人々にとって、六月は【お披露目】が行われる、めでたい季節なのだ。このころになると、カメラをかまえた観光客も発展した外の地よりやってくる。例外なく、彼らは祭りを歓迎していた。

その歓声を受けて、今日も【お披露目行列】は堂々と街を練り歩く。

雨の混ざった宵闇《よいやみ》の中、テケテケツンッと不思議な鼓の音がはじまりを告げる。

子供が、大人が首を長くして待つ中、今日も行列はその姿を見せた。

ぺんっと、異形《いぎょう》の足が、濡れた路面を叩《たた》く。

鬼灯《ほおずき》型の提灯《ちょうちん》に照らされた道を、複数のアヤカシたちが進んだ。

奇怪な影が躍る。雨粒のあいだを縫って、見事な赤黒の出目金が泳いだ。河童《かっぱ》が水かきで、ぺたぺたと不規則に音を鳴らす。優美な老猫は熟練の手つきで古い三味線を奏《かな》でた。

フラッシュが焚《た》かれ、人々の歓声があがる。その現代的な光景と目の前の行列は乖離《かいり》していた。ひらひらと色が舞い、愉快な動きが笑いを誘い、軽やかな曲が耳を楽しませる。

そのさまは六月が苦手な私にも、とてもとてもきれいに見えた。思わず手を叩いて、幼子《おさなご》のごとく無邪気に囃《はや》したてたくなってしまう。そんな美しさをこの行列は持っている。

着物の袖《そで》を揺らして、狐《きつね》たちは唐傘《からかさ》を回しながら謡った。

そこ退《の》けそこ退け。

やい、道を開けよ。

五大のアヤカシさまと、その花嫁のまかり通る。

今宵《こよい》は六月の【お披露目】。

【お披露目行列】で御座い。

テケテケ、ツン、
テケ、ツンツン。

不思議な音とともに、さまざまなかたちの影は進む。

ぱっと見、彼らは妖怪《ようかい》のよう。でも、ほんとうはそうではないことを私は知っている。

かつては、ちがった。妖怪は実在した。そして、彼らは人に害をなした。子供でも知っている事実だ。だから、人と妖怪は争った。人は勝った。妖怪はすべて死に絶えた。

今、残っているのは、アヤカシだけだ。

彼らは、妖怪の写し身だ。妖怪の名と、伝承の力と姿形を受け継いだものたち。

アヤカシは人と生き、人を守り――そして、ときに人を欲する。

だから、私は烏天狗《からすてんぐ》に嫁に行く。

きっと、もう、こうして自由に行列を見られる日はこないだろう。そう、沿道の群衆の中に立ち、私は思った。だって、烏天狗に嫁《とつ》ぐことは早くに死ぬことと同じ意味だというのだから。そう、姉さま……いいや、桔梗《ききょう》さまがおっしゃったのだ。

『烏天狗は大勢で、妻を共有するというじゃない?』そう、あのお方は紅《あか》い唇《くちびる》をゆるめてほほ笑んだ。その笑みは優しくて、そして、こんなことを思っては失礼なのだろうけれども……いつからか、私には怖く見えた。まるで春になろうと溶けはしない、氷のようで。

桔梗さまは、やわらかく続けた。優雅に優美に、とても楽しげに。

『おまえの貧相な体が、冬までもてばいいのだけれども』

その言葉のとおりに、きっと私は壊されるのだろう。でも、それもいいかもしれない。

だってそうすれば、母さまのところへ逝けるのだから。心から、私はそう思っていた。

「……母さま。お優しい、母さま。私も、もうすぐそちらにまいります。ずっと長く、私は不出来な娘でした。それでも、どうか再会のときは叱《しか》らずに髪を撫《な》でてくださいね」

どうか、どうか、昔のように。

『莉子《りこ》は私のかわいい子ね』と。

ぽつりとつぶやいた声に応《こた》える人などいない。

ただ、愉快な鼓の音に笛が淡い色を乗せた。しばらくすれば花嫁さまたちの御輿《みこし》がやってくるだろう。五大のアヤカシもきっと居並ぶ。でも、それらは私には関係がなかった。うす汚れたこの身には【お披露目行列】は美しく、華やかで、あまりにもまぶしすぎた。だから、最後まで見届けることはしない。それでも夕飯の買い出し後に、行列を眺《なが》めることができてよかった。かつて、母さまとともに見た光景を懐《なつ》かしむのはもう十分。そう息を吐《は》き、私は見物客の群れから離れた。

ふらり、私は家へと帰る。

誰も私を待たない場所へ。

＊＊＊

アヤカシの登場についての経緯を語るには、今から七十年以上前――それこそ第二次世界大戦後まで、時をさかのぼる必要がある。

この国は戦争の荒廃から立ち直ると工業化を進めた。電力、鉄鋼などの主要産業への注力を経て、高度経済成長および、大量消費の時代がはじまった。技術革新も、製造施設の拡大に拍車をかけた。便利な家電製品が庶民の手に届くようになり、多くの需要も見こまれた。

そうして、当時、明確にこの国は変わりつつあった。

まるでサナギが蝶《ちょう》になるように。

蕾《つぼみ》が大輪の花を咲かせるように。

だが、成長とは一部の滅びも意味する。未知を畏《おそ》れる心は消えつつあった。元からその兆候はあったが特に世界を相手とした大戦は人々の精神に強烈な変容をもたらしたのだ。重ねてすべての闇《やみ》を暴《あば》くかのごとく、人工の灯《あか》りは国をくまなく照らしはじめていた。

だから、だろう。だから、なのだろう。

ここが限界だと『彼ら』は思ったのだ。

このままでは、幻想は死ぬ。不思議は失われていく。土着の信仰は朽ち、一部を除いて神は倒れる。妖怪たちは過去の産物へと落としこめられる。

そう、『彼ら』は察したのだ。

結果、なにが起こったのか。

「当然、起きたことを言えるでしょうね？」

「……はい、義母《かあ》さま。ちゃんと暗記しております」

高度経済成長期のただ中に、あらゆる地域で怪異が勃発《ぼっぱつ》した。

特に開発途中の野山や村で、『ありえないこと』が多数起きたのだ。現場の作業員が全員病に倒れ、ときに村人が首を吊《つ》り、あるいは生きたまま不審火に焼かれた。そのほとんどは不運、災害、偶然と片づけられた。だが、本当はそうではない。祟《たた》りが、呪《のろ》いが、妖怪の手によって意図的に行われたのだ。見ざる、聞かざる、言わざるにも限度がある。さすがに、なにかがおかしい。もしや、人ならざるなにかが動いてはいないか？

人間がそう気がついたときには、すでに遅かった。最後の矢は、放たれた。

妖怪に代表される——中には伝承の神や幻獣もふくむ——幻想の存在たちが蜂起《ほうき》した。

人への妖怪の進軍、【百鬼夜行】が起こされたのだ。

彼らは無情に人を喰《く》らった。波のごとく襲う魑魅魍魎《ちみもうりょう》に、近代武器はいっさい役には立たなかった。たまらず、政府は諸国へ助けを求めた。だが、どの国も内側に少なからず幻想の存在を抱《かか》えている。自国の精霊、妖精《ようせい》、怪物などを刺激し、東の島国の二の舞になることをおそれ、彼らはこの国を自己責任の名分のもとに突き放した。

そして、国や軍隊が半《なか》ば瓦解《がかい》状態にある中、妖怪たちを相手どったのは、大規模な発展の陰《かげ》で葬られかけていた立場の者たちであった。名のある陰陽師《おんみょうじ》、霊媒師、異能者のたぐいである。戦いは三年にもおよび、特に幻想の強かった京都府が灰燼《かいじん》と化したころ――。

「……で、誰が現れたの」

「それは不思議な女性が」

突然、ある女が嵐《あらし》のように現れた。

女はその胎《はら》から『五大の妖怪の写し身』を産んだ。

敵陣の将と瓜二つ《うりふた》の子を己の子宮内で作りあげたのである。妖怪の名前と伝承に謳われる力、姿形をもった——それでいて妖怪とはまったく異なる存在を、彼女は産んだのだ。

摩訶不思議《まかふしぎ》な、誰にもまねのできない行いであった。そんなことができた女の正体は、未《いま》だに誰も知らない。ある人は安倍晴明《あべのせいめい》の血縁と語り、ある人は卑弥呼《ひみこ》の転生と呼び、ある人はかぐや姫の末裔《まつえい》と讃《たた》え、ある人は妖怪と人間の間の子と謳った。

そのすべての噂《うわさ》に応えることなく、女は新種たる子を『アヤカシ』と名づけた。


はじまりの五大のアヤカシは、並べていわく。


酒呑童子《しゅてんどうじ》。

玉藻《たまも》の前《まえ》。

大嶽丸《おおたけまる》。

八岐大蛇《やまたのおろち》。

両面宿儺《りょうめんすくな》。

彼らは名を、素《もと》となった妖怪の将たちからそのまま受け継いでいる。

女の子供らは人の形に化け、人間に味方をした。そうして妖術《ようじゅつ》を使い、配下を作った。

配下は交配し、その数を劇的に増やした。結果、女から産まれたものたち――アヤカシは群れとなり妖怪に牙《きば》を剝《む》いた。己の存在の素となった幻想を喰らい尽くしたのである。


そうして人とアヤカシに、妖怪は敗れた。


勝利後、碁盤目状の美しい街並みを失った京都府は京都陣と名を改められ、五大のアヤカシの拠点とされた。今でもこの国では妖怪の怨念《おんねん》による怪異があとを絶たない。遠方より各地の鎮圧を指揮し、ときには自ら出向き、五大のアヤカシはこの国の守護を続けている。

そして、配下のアヤカシたちはといえば人と共存していた。

中には商売を行っているものもおり、天狗や狐狸《こり》のたぐいは莫大な利益をあげている。


「だから、烏天狗に望まれて嫁ぐのは幸福なことなのです……」

そんな内容を、私は畳のうえに正座をしながら暗唱させられた。

「……いかがでしょう、義母さま」

「まあ、間違いはないわね。アヤカシへ嫁ぐための最低限の教養は身についたようでなによりじゃあないの。相手は大事な取引相手。我が家の品位を疑われてはことですからね」

不機嫌そうに、義母さまは鼻を鳴らした。小さく、私はうなずく。

アヤカシの歴史は、もうすっかりそらんじてしまっていた。烏天狗に嫁ぐのならば当然の義務と、竹刀の殴打とともに覚えこまされたからだ。

叩かれなくとも学びます。しっかりと記憶します。だから、よしてくださいと、なんど懇願《こんがん》しても許してなどもらえなかった。そのせいで、私は一時、青あざだらけだったことがある。嫁入りが近くなったせいで、さすがに見目が悪いとやめてもらえたけれども。

「それでも忘れてはいけないよ。おまえにはいいところなどひとつもないのだから」

そう、義母さまはおっしゃる。あわれなものへと語る声で。

誰に言わせても、それが変わらぬ真実で、本当のことだと。

「母親似の容姿は醜《みにく》くて二目と見られたものじゃない。やることなすことノロマで鈍臭く、手際も悪い。そんなおまえが……街で見かけでもしたのか、向こうは古くより知っていたとかで、嫁にと望んでもらえたのだから。せいぜい、その貧相な体をもってお仕えするのだよ」

「……はい、わかっております」

わかっている。

わかっているのだ。

義母さまは美しく聡明《そうめい》なお方だから、きっとその言葉に間違いはないのだろう。そう、以前、父さまも太鼓判を押していた。だから、私にはみじんも価値などないのだ。烏天狗さまが古くに私を知って、嫁にと考えたのが不思議なほど。私は醜い。そうなのだろう。

でも、ひとつだけ、私にも訂正を求めたいところはあった。

母さまは違う。

母さまは、とても、美しかった。

六月の雨に濡れる、紫陽花のようなお方だった。

だから、私が醜いのならば、それは母さまに似たせいではない。

「なんだい、その目は……ああ、いやだいやだ。あの女にそっくり」

義母さまはおっしゃる。彼女は着物をまとった腕を伸ばした。私の顔を細い指でつかむ。軽く爪《つめ》を食いこませて、義母さまはささやいた。

「ああ、嫁入りさえなければ、この蒼《あお》い目を抉《えぐ》ってやったのに」

このお方は本当にやるだろう。

生まれつき色素のうすい私の目を、匙《さじ》でくり抜くだろう。

そう、私は知っていた。高校をやめさせられて以降、義母さまの憎悪は苛烈《かれつ》になった。眼球を抉られても、瞳孔《どうこう》を針で突かれても、おかしなことなどなにもない。

だって、私は強く、強く憎まれているのだから。なぜとも、かつては思った。なぜ、そんなにも私が憎いのかと。でも、答えはもう知ってしまっている。

義母さまは恋に生きるお方だから、前妻の子である私が許せないのだ。

そして、彼女のあまりの情熱に疲れてしまって、お帰りの減った父さまを憎んでいる。父さまが、桔梗さまのことは変わらずに溺愛《できあい》し続けていることにも、不満を抱いていた。

それでも、恋しい人と、愛《いと》しい娘を責められなくて、すべてを私に向けている。

それに対する恐怖は、もうなかった。だから、静かに私は義母さまを見つめた。

爪の先で私の頬《ほお》を押して、彼女は手を離す。

「もう、泣きもしない。つまらない子だよ」

だって、泣いてもしかたがないのだもの。泣いても、わめいても痛いだけ。あるいは、どなたかを楽しませるだけなのだ。それならば、私はもう声さえあげたくなかった。

籠《かご》の中の金糸雀《かなりあ》にも、さえずらない自由だけはあるはずだ。

そんな私を、義母さまは畳に突き転ばせた。そうして、鼻を鳴らす。

「烏天狗のところから、おまえの悲報を聞かされるのが本当に楽しみだよ」

そうだろうなと私は思う。おまえになど生きている価値はない。早くに苦しんで死んでしまえばいい。もうなんどもなんども、熱意とともにささやかれ、望まれてきたことだ。

ぼんやりと天井を見つめながら、私は足首に痛みを覚えた。少しひねってしまったようだ。でも、訴えたところでしかたがない。だからなにも口にしないままに、私は思った。

私も楽しみだ。

死ぬ勇気のない私が。生きていてもしかたのない私が。

誰からも望まれていない私が。

ようやく、この私が壊れることが。

それだけは、唯一の楽しみだった。

＊＊＊

義母さまの『指導』が終わったので、私は晩の家事にとりかかった。

朝に干しておいた洗濯物をとりいれ、畳み、戻して、足をかばいながら台所へ移動する。水を入れ、しゃきしゃきと米を研いだ。そのたびに指の先から流れていく透明な水が濁《にご》らないか、私は不安に襲われた。母さまや桔梗さまは、よく私のことを汚いと蔑《さげす》む。穢《けが》れた、うす汚れた、鼠《ねずみ》に似た身だと。

それなのに古い使用人をクビにしてまで、私の作った料理をめしあがるのは不思議でならなかった。まずい、味が薄い、濃い。必ず文句を言われ、膳《ぜん》を投げられる日ばかりだけれども、それでも食べてもらえることは私にも家族の役割があるようで少しだけ嬉《うれ》しい。

「よし。今宵もがんばりましょう」

【百鬼夜行】から長い時が経《た》った。

大きな打撃を受けながらも、この国は少しずつ技術を発展させている。

だから、家電に頼れるところがあるのはありがたかった。それでも京都陣の中は、アヤカシにとって心地いい環境を保《たも》つため、外よりもひと回り古いものたちで構成されている。たとえば、携帯できる通信機器などは未だに存在しなかった。あったところで、私は持たせてなどもらえないだろうけれども。とりとめもなくそんなことを考えながら、私は白身魚の揚げ焼きを皿に並べ、甘酢餡《あん》をかけた。そのときだ。

ふらりと、桔梗さまが台所に姿を見せた。

私はぎょっとした。もしかして、私はまたなにかしでかしてしまったのだろうか？

それか、気が利かなかったのか。混乱しながらも、私は慌てて冷蔵庫に駆け寄った。

「申しわけありません！　麦茶でしょうか？」

「……おまえ、お父さまを知らない？」

はてと首をかしげるとともに、私は気がついた。なぜか、桔梗さまのお顔は真っ青だ。いつも美しい白肌からは、さらに血の気が失《う》せている。それに私に父さまの居場所をたずねるなど、相当混乱もしているようだ。私になにかを伝えて、父さまが出かけることなどありはしないのに。桔梗さまの乱心具合が、私はとても心配になった。

もしかして、どこかお加減が悪いのかもしれない。なれば、放ってなどおけなかった。

「あの……桔梗さま。どうかなされたのですか？」

「……ッ、るさい！　おまえが、私を哀《あわ》れむな！」

不意に、桔梗さまは怒りを爆発させた。

張りつめた風船が、パァンと割れるように。あるいは、叩かれたガラス瓶《びん》が粉々になるように。どちらにしろ、その怒りは今までになく苛烈で怖かった。激情を示すように、桔梗さまは流しの包丁を掴《つか》みとった。ぎりっと指に力がこめられる。桔梗さまは叫んだ。

「なんで、なんで、私にぃ！」

もう少し不運であれば、私は刺されて死んでいたのだと思う。あるいは、そちらのほうが、よほど幸運だったのであろうか。けれども、そうはならなかった。

ちょうど、義母さまが台所へ駆けこんできたのだ。

「桔梗！」

「お母さま！」

「ああ、桔梗、桔梗、桔梗。なんてかわいそうな子でしょう！」

義母さまは桔梗さまの身に起きた『なにごとか』を知っているらしい。招くように両腕を広げて、彼女は娘の名を呼んだ。

包丁を投げ捨てて、桔梗さまはその胸元に飛びこんだ。細い体を抱きしめて、義母さまも涙を落とす。ひしっと身を寄せあって、二人は世の終わりのように泣きはじめた。

お二人はどうしてしまわれたのだろう。

これも、もしや、私がすべて悪いのだろうか。そんなことすらも定かではない。

オロオロする私の前で、桔梗さまは泣き続けた。きっとこのままであったのならば、私はふたたびの怒りで、死ぬような目にあったことだろう。けれども、運のいいことに珍しく、父さまがご帰宅になられて……私は知ることとなった。

桔梗さまがあれほどまでに嘆いた、その理由を。

彼女はとても美しいから望まれてしまったのだ。

五大のアヤカシが一人。
酒呑童子の嫁に是非と。

＊＊＊

京都陣に住まうものならば、
いや、この国に住むものであれば、誰もが知っている。
五大のアヤカシは必ず人間を嫁にする。
そうして六月に【お披露目】の名のもとに御輿に乗せて行列をなし、七月に【魅せ合い】を開くのだ。【魅せ合い】とは、五大のアヤカシ——それぞれの嫁が己の魅力を観衆へと示す行事である。結果、もっとも支持を集めた嫁の夫が、その年のアヤカシたちの首領とされた。これは五大を産んだ女が——妖怪の起こす大規模怪異の数が減り、ようやく平穏が訪れはじめた十五年ほど前から——開催を決め、続けられていることだった。

首領となったものは名誉と羨望《せんぼう》を集め、なによりも他《ほか》の四大のうえに立てる。

そんなわけだから、五大のアヤカシはより有利となる嫁を求めた。

玉藻の前は早々に一人に定めた。だが、大嶽丸と八岐大蛇、両面宿儺は落ち着くまで何回も嫁替えをしたはずだ。確かここ二年、【魅せ合い】では、大嶽丸の嫁が選ばれている。

そして酒呑童子——彼だけは未だに嫁を定められていなかった。

なんどもなんども嫁は替えられている。そして、今年は【お披露目行列】がはじまったというのにまだ決められてすらいないとのことだ。彼の嫁に対する愛情は目に見えて薄かった。いさぎよいほどに、酒呑童子は嫁を使い捨てる。【魅せ合い】が終わればお役御免。女の立場からすれば、屈辱といえよう。それでも、五大のアヤカシの一人の嫁に選ばれることなど名誉のはずだ。だというのに、桔梗さまは泣く。

なぜならば、酒呑童子の別れた嫁は以降その姿を見せない。

例外なく、彼女たちはいなくなる。

それに酒呑童子は残酷な鬼なのだ。敵対する妖怪たちに、彼は特に容赦がなかった。酒呑童子の行くところには屍《しかばね》の山ができる。人型の妖怪から生きたまま内臓を抜き、血を啜《すす》り、喰ったとの逸話までもが伝えられていた。その骨が祀《まつ》られている社も、実際にある。

残忍な鬼が女を娶《めと》り、そして女は消える。

ならば答えはひとつだった。

喰われているに、違いない。

＊＊＊

「いやよ、いやよ！　生きたまま喰われるなんていや！　絶対にいや！」

桔梗さまは泣き叫ぶ。父さまも義母さまも涙をぬぐって口を閉ざしている。おかわいそうに。本当におかわいそうにと、私は心から思う。だからこそ、かける言葉もなかった。

欄間の見事な座敷《ざしき》にて、誰もなにも言わない。けれども不意に桔梗さまは声をあげた。

「そうだわ、こうすればいい！」

「桔梗、なにかを思いついたのですか？」

いぶかしげに、義母さまはたずねた。

一方で、桔梗さまは目をらんらんと輝かせた。そうして、私を指さす。

「おまえよ。おまえが私の代わりに行ってくれればいいんだわ！」

「……えっ」

私は目を見開いた。だってそれは無理だ。すぐにバレてしまう。同じことを思ったのだろう。義母さまも首を横に振った。けれども、すがるように、桔梗さまは私の手を握る。

瞬間、頭をよぎる記憶があった。この屋敷《やしき》に越してきたころ、彼女は義母さまに叩かれた私の手を、よく撫でさすってくれた。とても優しく、本当の妹のように接してくれた。

けれども、義母さまが私への怨《うら》みつらみを語るにつれて、殴る側へ自然に回ったのだ。

そんな桔梗さまが、ふたたび私に触れている。こんなときだが、なんだか嬉しい。

そう思わず考えてしまった私の前で、彼女は口を開いた。

「ひと晩だけならば、きっと入れ替わってもバレはしないわ。そうして、おまえ」

「は、はい」

にいっと、桔梗さまは嗤《わら》った。その顔はとても歪《いびつ》で。醜くて。とても、とても、私は驚いた。ああ、人は、人というものは。自分が喰われさえしなければこういう顔をするものかと。そう、衝撃を受ける私へと、桔梗さまは堂々と告げた。

「おまえ、初夜に酒呑童子を殺して、自殺をしておくれ！」

＊＊＊

私はなにを言われているのだろう。桔梗さまのお考えは私の理解の範疇《はんちゅう》をこえていた。

この国を守ってくれている五大のアヤカシのうちの一名を殺そうだなどと、そんな不遜《ふそん》で畏れ多いこと、京都陣に住むものならば考えはしない。そのはずだ。しかも、そのあとに死ぬなどと。

それなのに、迷いなく、桔梗さまは続けた。

「初夜の男なぞ、きっと隙《すき》だらけだわ！　おまえでも不意をつくことはできるでしょう。そうして、酒呑童子を殺したら自分の首を裂くのよ！」

「き、桔梗さま。それでは、えっと、この家も酒呑童子さま殺しの罪を負うことになってしまうのでは……」

「それならば、きっと大丈夫よ。酒呑は他の四大のアヤカシと不仲と聞いているわ。酒呑童子が死にさえすれば、彼を害したものへのお咎《とが》めはないでしょう。それに犯人のおまえは私を妬み、無理に昏倒させて嫁になりかわろうとして、バレたことから酒呑童子を殺したのだもの！　ならば、被害者である私にまで、咎めはおよばないわ！」

「……桔梗さま」

　私はぐらりとめまいを覚えた。

　ああ、このお方はなんてことを考えるのだろう。かつて、私の手に優しく触れた桔梗さまはどこへ消えてしまったのだろう。どうして、こんなにも変わってしまったのだろう。

　そう嘆きながらも、私は口を開く。

「私はそんなことはいたしません。できません、そんな、おそろしいこと」

「するのよ、莉子。いいわね」

「桔梗さまっ」

「どちらにしろ、醜いおまえは、美しい私との入れ替わりがバレた段階で喰い殺されるのよ。ならば、その前に酒呑童子を殺して、自害してくれたっていいじゃない」

「そんな」

「やってもやらなくてもおまえは死ぬのよ。断《ことわ》るのならば私が殺すわ！　ねえ、莉子」

　そこで、桔梗さまは私の頰を撫でた。優しく、やわらかく、彼女はおっしゃる。

「おまえがなすべきことをなして死んだのならおまえの母を墓に入れて供養してあげる」

「母さま、の」

くら、くらり。また、私はめまいに襲われた。

母さま。

おかわいそうな、母さま。

母さまの骨はちゃんとした供養もされることなく、私の寝起きする日陰《ひかげ》の物置きにしまわれている。それは母さまの亡くなられてすぐに、父さまが義母さまを家へ迎えたから。彼女は母さまの骨を墓に入れることをいやがった。私は自分で骨をもって、行ける範囲の寺院を全《すべ》て頼った。けれども金銭がないことを理由に供養を断られるか、義母さまにバレて殴られ、連れ戻されるかのどちらかだった。だから母さまの骨はまだここにある。

その事実を悲しく辛《つら》いことと、私はずっとずっと思い続けてきた。

そんなおかわいそうな母さまが少しでも安らげるのならば、私は。

けれども、そのとき、義母さまの声がひびいた。

「桔梗、いやですよ、私は。あの女を供養するなど」

「今はお母さまは黙っていらして！　しょせん、烏天狗は商売相手……嫁をくれとの要望は、跳ねのけたってなんとかなるわ。おまえは私に代わって、酒呑童子のもとへ行くのよ。ねぇ、私のために……おまえの哀れな母のためにも、やってくれるでしょう、莉子？」

義母さまは口をつぐむ。父さまはなにも言わない。この状況に、彼はうんざりしているようにさえも見える。けれども、桔梗さまのことは大事なので、止めようとはしない。

私は思う。ここでうなずかなければ、私は死ぬのだろう。きっと殺されたうえで口裏をあわせて、自殺か事故とされるのだ。それほどまでに、私は『いらない子供』だった。

そしてうなずいたところで、身代わりがバレれば殺される。

ならば、なれば、その前に。

母さまのためになるのなら。

他の道はない。逃げて、どこかで一人で生きる気力などなかった。それに人探し専門のアヤカシに依頼されればすぐにでも見つけられてしまうことだろう。どこにもいけない。

なにより、私はもう、息をすることさえ辛いのだ。足掻《あが》くことなどできなかった。

この腕も、この足も、
とうにもがれている。

だから、私は畳に手をついた。いつも、なにかに応えるときはそうしろと命じられているとおりに深々と頭をさげる。唇から、私はなんとか聞きとれるように言葉を落とした。

「はい、桔梗さまのお言葉のとおりにします」

「いい子ね、莉子。役立たずのおまえらしくもない」

見なくてもわかる。きれいに、美しく、桔梗さまは笑っている。

そうして、いっそ、無邪気にささやくのだ。

「おまえが義妹でよかったとはじめて思えたわ」

「……身に余る光栄です」

私は答える。その言葉が求められているのを知っているから。他には求められていないとわかっているから。けれども実際かすかに嬉しくもあった。少しでも認められたから。

『いらない子』の私が。

でも、実につまらなさそうに桔梗さまは続けた。

「冗談よ」

白い手で、ぴしゃりっと、
虫を叩き潰《つぶ》されるように。

弐

紅をさす。白粉《おしろい》をはたく。疲れた目元に、色をのせる。乾いた髪を、少しは艶《つや》のでるまで梳《と》かす。そうして、ていねいに、ていねいに、醜いものを覆《おお》い隠していく。

なるべく長く、入れ替わりがバレないように。わずかでも発覚《かく》を遅らせるために。桔梗さまの美しさを考えれば無意味な偽装だろう。けれども、やらないよりはマシに思えた。

そして、私は白無垢《しろむく》をまとう。

酒呑童子側からは着飾る必要はないとの通達を受けていた。五大のアヤカシへの嫁入りは密《ひそ》やかに行われるためだ。新しい花嫁の存在は次の【お披露目行列】まで伏せられる。だが、今回は嫁側の希望として白無垢を着ていくこととなっていた。

綿帽子を深くかぶり、顔を隠さなくてはならないためだ。

あとは運だろう。褥《しとね》まで、なんとか顔を直視されないようにするしかない。または懐《ふところ》にもぐる機会があれば、夜を待たずに刺すかだ。鞘《さや》入りの小刀は渡されている。胸元へ、それは忍ばせてあった。だが、と鏡を前に、私は思う。

本当にそんなおそろしいことができるのだろうか。

五大のアヤカシの一名を殺すなど。

この国を、守るお方へ刃《やいば》を突き立てるなどと。

その血はどれほどに熱く、その罪はどれほどに重いのか。そもそも、私などにできるのか。深く思い悩みながら、私は身震いする。けれども桔梗さまは容赦なくおっしゃった。

「おまえがなにもできずにただ死んだのなら、母親の骨は魚の餌《えさ》にしてあげる」

母さまの骨をどうするべきか、私は悩んだ。供養をしてくださるとの、お約束ではある。それでも守ってもらえるとは限らない。無理を言ってでも隠してでも、骨を持っていくべきか。だが、反逆者の荷物など捨てられてしまうだろう。それならばどうすればいいのか。そう、私が頭を抱えているときだった。

「莉子、覚えている？　おまえとはじめて会ったころのこと」

桔梗さまの言葉に、私はまばたきをした。

ふわりと、ある記憶がよみがえる。ああ、そうだ。まだ彼女が優しかったころ、私は初めてできた姉が嬉しくて『桔梗姉さま！』となついていた。『桔梗姉さまのお嫁になりますす』とまで言った覚えがある。桔梗さまは『莉子は変わった子ね』といつでも笑ってくれた。あのころ、私はもっと明るくて、ものを言う子供だったように思う。

草原の中を、私たちは遊び回った。私の髪に花を飾って、桔梗さまは『かわいい妹ね』とまでささやいてくれた。

そう思い出したときだ。穏《おだ》やかに、桔梗さまは続けた。

「私もね、死ぬのはいやなの。だから、こうしておまえを送りだすわ。でも、大丈夫よ。私が喰われず、家にも罪が及ばなければ、ちゃんとあなたの母の骨は墓に入れてあげるから」

私を信じてと、彼女は言う。小さく、私はうなずいた。いい子ねと、桔梗さまは私の頭を綿帽子のうえから撫でる。約束よとくりかえす声を頼って、私はそのまま立ちあがった。すがるような私の視線に、桔梗さまはもういちどうなずく。

「約束。ちゃんと供養するわ」

だから、酒呑童子を殺してね、と、彼女は弾む声で続けた。

＊＊＊

「お迎えがいらっしゃいましたよ」

義母さまのお言葉で外へ出る。夏の光がまぶしくて、私は目を細めた。門前には、黒光りする車が停《と》まっている。私はまばたきをくりかえした。長く、幅の狭い車体は高級そうだが、酒呑童子の持ちものには見えない。そう、私がとまどっているときだ。

不意に、耳元で低い声がささやいた。

「御輿か、駕籠《かご》をお望みでしたかな？　最近は、京都陣の中でもあれらはめだつものですから、よかれと思って近代的な迎えとしたのですが」

「ふわっ⁉」

「ああ、驚かせてしまいましたか？　申しわけありません、おひいさま」

「おひ、いさま？」

「漢字でお姫様と書いて、おひいさまです。あなたさまは、酒呑童子さまのたいせつなお方ですから」

混乱しながら、私は振り向く。

そこには、グレイの三つ揃《みぞろ》え姿のご老人が上品にたたずんでいた。優しく、彼はほほ笑む。だが、思わず、私は目線をそらした。なにせ、私は偽の花嫁だ。その表情は私に向けられるべきものではない。誰にとっても、私はたいせつな人間などではなかった。

それなのに、『おひいさま』なんて申しわけがない。だが、真実を明かすこともできず、私は口をつぐんだ。どうやら、私の態度は緊張と受けとめられたらしい。なにかを納得されたかのように、ご老人はうなずいた。スッと己の胸に手を当てて、彼は冗談めかして続ける。

「ちなみに、私は狸《たぬき》です」

「た、たぬ」

「こう見えて、化けておりますもので」

「ああ……なるほど。アヤカシ、なのですね」

「はい、古狸《ふるだぬき》でして」

「お歳《とし》を召された、狸さま」

「さま、などとんでもない。狸ジジイとでもお呼びください」

「……あの、それは悪口では？」

「はい、冗談でございますので」

ぴくぴくっと、ご老人は見事な口髭《くちひげ》を揺らした。さて、こういうときはどうすればいいのだろう。きっと笑えばいいのだけれども。とっさに、明るい表情を作ることなどうまくできはしなかった。ひたすらに困る私の前で、ご老人——改め、狸さまは眉根《まゆね》を寄せた。

「むむ、おひいさまを困らせるつもりはなかったのですが。この爺《じじい》の悪い癖《くせ》ですな」

「えっと、その、ごめんなさい。おもしろいと、思います。ただ、あの、えっ……と」

「ふむ」

「……ごめんなさい」

「本当に困らせてしまいましたな。申しわけございません。ささ、いきなり目立たれては疲れますでしょうし、車でまいりましょう。運転は私がいたしますゆえ。揺れはしませんぞ。ご安心を。狸ですが腕には自信があります」

そう、狸さまは後部座席の扉を開いた。なにからなにまで、申しわけがない。

おそるおそる、私は動いた。彼の手を借りて、席へと座る。そこで私は気がついた。名のりのとおりに、彼の肌からは人ではなく獣の匂《にお》いがした。謡うように、狸さまは続ける。

「さあ、酒呑童子さまがお待ちかねですよ」

けれども、私は、知っている。

かの鬼が待つのは私ではない。

美しい花嫁は、彼のもとへは参らない。行くのは醜い私で、しかも、鋭い刃を持っている。本当に申しわけがない。だが、いくら謝ったところで、許されることでもなかった。

深い悲しみにかられながら、私はゆるりと目を閉じた。

＊＊＊

京都府が、京都陣と、名をあらためる前のことだ。

妖怪によるたび重なる大火により、この地はほぼ焼滅した。有名な神社仏閣は人の側についた神によって守られ、一時、避難場所とされた。だが、最後には、神の依り代《よりしろ》もろとも妖術の炎に呑《の》まれた。むしろ、霊験あらたかな場所ほど、攻撃を一手にひき受けて滅びた側面さえある。暴風や雷雨、火の雨の被害は激しく、嵐山の地形すらも変えられた。

現在、元中京区――かつては二条城の存在したあたり――に五大のアヤカシは居住を設けている。五芒星《ごぼうせい》を模《も》した広大な敷地《しきち》に五つの屋敷が建てられ、中央には彼らを産んだ女の館《やかた》がすえられていた。だが、それらは【百鬼夜行対策委員会】の公表情報にすぎない。長く、女は人前に姿を見せてはいなかった。噂では彼女は不老不死ではないため、【お披露目】と【魅せ合い】の考案を最後に、病死したとも語られている。だが、一般人が真実を知ることができるはずもなかった。その秘密にも、私は近しいものの一人となる。

そう考えると、さらに胸がドキドキした。

同時に、もう、生きて帰ることはできまいとも思った。五大のアヤカシには謎《なぞ》が多い。彼らの内側に足を踏み入れておいて、生かして帰してもらえるとは考えられなかった。そうでなくとも、私は偽の花嫁だ。ここに来た以上、数時間後には殺されるか、自殺するかしかないのだろう。問題は、数時間後が数分後になるかもしれないことだ。

私と桔梗さまの顔はそれだけ違う。なるべく間近でのぞかれないことを祈るしかない。

そう難題を噛《か》みしめながら、今、一歩、一歩、私は足を進めた。

涼しげな竹藪《たけやぶ》の中へ伸びる、遊歩道を奥へ、奥へ。

旧《ふる》い石畳の道に沿って、点々と苔《こけ》むした燈籠《とうろう》が建っていた。見れば中には灰色でしわくちゃの小鬼たちがいる。大きな目をぱちくりさせて、彼らは私たちの進むさまを眺めた。後ろから、彼らのものだろう。高い声が追いかけてきた。

そこ退けそこ退け。

やい、道を開けよ。

酒呑童子さまの花嫁のまかり通る。

もうすぐ、二度目の【お披露目】。

【お披露目行列】に出られるお方よ。

彼らはそう言ってはしゃいだ。同時に、私ははっと気がつく。

左右の深い竹藪が蠢《うごめ》いていた。石燈籠の中の小鬼が謡うたび、ふさがれた道が開くのだ。どうやら、日ごろここは閉じられているらしい。なんとも、摩訶不思議な仕掛けだった。京都陣自体が、アヤカシのためにある場所だ。だが、ここは次元が違う。人の棲むところではない。その事実を思い知り、私は立ち止まった。私はなんてところにいるのだろう。

体が震えて、汗がにじむ。けれども、後ろには狸さまがいた。その前に立ち、私は必死に足を進めた。そうして、私たちは進んで、不意に、視界は広く開けた。

ざぁっと清浄な風が吹いた。どこかで、小鬼が高く謡う。

酒呑童子さまの花嫁のお着きぃ、お着きぃ。

目の前には古めかしいお屋敷が建っていた。

少なくとも、数百年は時を重ねているように思える。だが、そんなはずはない——百鬼夜行の鎮圧から、京都陣の復興までにかかった時間を考えると——ここが建てられたのは、数十年ほど前となる。だが、間近にそびえたつお屋敷は——修繕と手入れを欠かすことなく——長き月日に耐え抜いた神社仏閣のごとき、重い威圧感を放っていた。

そして、おかしなことがもうひとつ。

今は六月。

夏のころ。

雨のころ。

それなのに、庭には満開の桜が咲いていたのだ。

まるで、なにもかもが夢のよう。

ぱちりと、私は目を閉じて、

ぱちりと、開くと人がいた。

いや、人ではない。

そのお方はとても美しかった。艶《あで》やかな黒髪に白い肌。唇は紅く、目は切れ長。瞳《ひとみ》の色は黒か深い紅か、よくわからない。鼻は高く、顔の印象は穏やかなのに、どこか勇壮だ。優美な、肉食の獣を思わせる。紺色の着物に身を包み、彼は肩に黒の羽織《はお》りをかけていた。

そして、頭には鋭い角があった。

美しい中、そこだけ明確に異形。

鬼だ。

満開の桜の下に、鬼がいる。

このお方が、酒呑童子。

五大のアヤカシの一人。

この国を、守るお方。

アヤカシの珍しくない京都陣においても。

優雅な立ち姿は、まるで御伽噺《おとぎばなし》のようで。

自然と、私は涙があふれてくるのを覚えた。

目の前に広がる景色が、あまりにも美しかったから。

残虐な鬼だとしても、このお方が国を守っておられるのだ。その事実が不思議なほど、すとんと胸に落ちた。同時に、私は悟ってしまった。それは立ち姿を見たせいで、今までは御伽噺のように聞いていた話に、実感がもてたせいだろう。このお方は、多くの人を救った五大が一名。今もなお、戦い続けられているアヤカシ。私のような、誰にも必要とされない小娘ごときが壊してなどならない、尊き存在だった。

ああ、死のうと、私は思った。

この美しい鬼を殺すことなどできはしない。だから、私はひとつの結末に賭《か》けることとした。鬼のもとへ嫁ぐ恐怖から自死した娘を憐《あわ》れんで実家には咎がおよばないことを。そうして同じ家から別の娘が嫁にはだされないことを。目の前に立つこのお方はきっと桔梗さまには慈悲をくださる。ならば、私が凄惨《せいさん》に死ぬことが母さまのためにもなるだろう。

手を伸ばして、私は胸元の小刀を握った。そのときだ。

「――――莉子」

とても優しく、名を、呼ばれた。

一瞬、遅れて、私は目を見開く。

「――――えっ？」

それはありえないはずのことで。

だって、ここには本来、桔梗さまが来る予定だったのだから。呼ばれるのならその名のはずだ。それなのに、酒呑童子――いえ、酒呑童子さまはほほ笑んだ。その笑みが鬼のものとは思えずあまりにやわらかくて、私はぼうっとしてしまう。そのせいで、彼が近づくことを許してしまった。ばさりと、酒呑童子さまは私の綿帽子をとり払う。

いけないと、私は思った。顔を見られてしまう。ちがうとわかってしまう。

求める花嫁は、来なかった。代わりに、醜い女が来たと。

このお方をがっかりさせたくはなかった。悲しませたくもなかった。

私はぎゅっと目を閉じる。けれども、思いがけない言葉が、私の耳にふわりと触れた。

「待ちくたびれたぞ、俺の花嫁」

まっすぐに私の蒼い目を見つめて、酒呑童子さまは私の額に唇を落とした。

＊＊＊

「えっ？　えっ？　えっ？」

唇をかすめられた、額が熱い。

「えっ?」

ただ混乱して、私はあほうのように声をあげた。

その前で、酒呑童子さまは頬を掻《か》く。うーんと声にだして、彼はおっしゃった。

「いや……まだ早かったか……すまぬ。本来、鬼というものは愛することを知らぬ。俺の愛情表現はしょせんは人のまねごとなのだ。喰うや犯すはいつでもできても、接吻《せっぷん》に適切な時期はわからん。いやだったのなら言ってほしい。おまえに好かれるように善処する」

「いえ、あの、早いとか、遅いとかでなくて、えっと」

意味もなく私は両手を動かす。その間に頬まで熱くなってきた。真っ赤な顔は見られたものではないだろう。それにずいぶんと奇妙奇天烈《きてれつ》な動きになってしまった。これでは不気味な舞を踊っているようなものだ。しっかりしなくては。ぎゅっと、私は両手を握る。

息を吸う。そうして、心臓を吐きだすような思いで真実を告白した。

「私は桔梗ではございません!」

「ん? 誰だ、それは?」

しんっと沈黙が落ちる。ざぁっと、風が吹いた。

あ、れ? と私は思う。なにかがおかしい。なにかが、変だ。

予想外なことが起こっている。それこそ、私も桔梗さまも考えもしなかったことが。

「あの、ですね。私は身代わりの花嫁で、あなたさまが望まれたのは義姉《ねえ》さまのほうなのです。けれども、無礼を承知で、失礼をわかっていて、私は入れ替わりでここに……罰は受けます。あなたさまが喰うとおっしゃるのならば死にます！　だからどうかお許しを」
「おまえこそなにを言っている。よくはわからんが絶対に死なせてたまるか。せっかく手に入れた、俺のおまえなのだ。それにだ、莉子。なにを勘違いしているのかわからんが」

本当に困ったような声で。
ただただ、優しい口調で。

白く美しい、満開の桜の下にて、
酒呑童子さまは、笑顔で続けた。

「俺が欲しかったのは、端《はな》からおまえだ」

参

「わけが、わからない」

そう言って、私は畳のうえに転がっていた。

実家の物置とは違い、背中の後ろはさらさらと乾いている。い草のよい匂いもした。

目元を覆った腕の隙間からは、青い空がのぞいている。縁側から出られる庭にも、白い桜が咲いていた。風が吹くたび、はらはらと花びらが宙を舞う。視界の端には、衣桁《いこう》にかけてある白無垢が見えた。今、私は豪奢《ごうしゃ》な衣装は脱いで、簡素な白いワンピースを身にまとっている。

酒呑童子さまに、そうしろと勧められたからだ。

『そのさまも美しいな。新雪の輝きもおまえには敵《かな》うまい。だが、着飾りながらくつろぐことは難しいだろう……倒れそうな肌色をしているぞ、莉子よ。生家を離れて鬼の下へなぞ緊張を覚えても無理はない。今は私室へ案内しよう。好きな服を着て、楽にしてくれ』

続けて、彼はぽんぽんと私の頭を撫でた。夫が嫁をというよりも、親が子を――あるいは飼い主が子猫を、落ち着かせようとするような――そんな、たいせつな触れかただった。そうして、酒呑童子さまは間近でおっしゃった。

『俺は鬼よ。だから、どうかそんな心細そうな顔をしないでおくれ。ただでさえ、俺はおまえをかわいくて、かわいくて食べてしまいたいのだから。抑えられなくなっては、どうしてくれる？』

『あ、あの、私……』

声がでなかった。

なにを言われているのかわからない。これ以上、言葉をだしても無様《ぶざま》をさらすだけだ。そう、わかっている。けれども黙っているわけにもいかなくて私は必死に舌を動かした。

『ごめんなさい！』

『なぜ、俺のおまえは謝るのだ？』

『身代わりに、私、その、あなたさまを殺そうと……それにあの、私、あまり食事をとっていなくてお食べになられてもきっとおいしくはないのです！　申しわけありません！』

混乱しながらも、私はなんとか叫んだ。

だって、酒呑童子さまの食べたいとのお言葉だけははっきりと聞こえたのだ。ならば、がっかりされないように、ちゃんとお伝えしなければならない。そう思ったためだった。

ふーむと、酒呑童子さまはうなずいた。そうして、私の後ろへ声をかけた。

『伝爺《でんじい》』

『ここに』

『これが……天然というものか』

『おっしゃるとおりでございますな』

『ただでさえ、人間に好意を伝えるのは難しきことであるというのに……莉子よ』

『はいっ！』

『もう休め。目がぐるぐるしているぞ……伝爺に部屋へ案内させよう』

『はい、ささ、こちらへ』

狸のお爺さま――改め、伝さまに私は手をとられた。

そうして、場をあとにするときだ。

『莉子や』

酒呑童子さまは、私に声をかけた。小さく牙をのぞかせて、彼は笑った。

『俺はおまえがずっと欲しかった。死ぬだのなんだのと言っていたが、おまえにその権利はもうないから、胸に刻め』

『えっと、それは』

『おまえはもう、この酒呑のものよ。俺の花嫁』

またあとで。いや、これからは毎日会おう。

そう手を振られて、私は畳に転がっている。

＊＊＊

衣装部屋だという——実家で私が暮らしていた物置よりも広い——和室に通され、私は驚愕《きょうがく》した。

桐《きり》製の立派な和箪笥《だんす》に黒檀《こくたん》の洋服箪笥、それにいくつもの衣桁が、私のためにとそろえられていたのだ。さらに、気にいる服がなければ新しく取り寄せるとまで告げられた。中から、もっとも簡素に見えたワンピースをとりだし、私は首を横に振った。だが、その服ですら尋常ではなく肌触りがいい。きっと、高価な布と仕立てに違いなかった。

これも、私のために準備されたものだとは到底考えられない。

なにがなんなのか、わからなかった。おそらくなにかの間違いだと思う。酒呑童子さまは致命的に、なにかを勘違いしてらっしゃるのだ。

そうでなければ、あのほほ笑みのひとつひとつに理由がつかない。

「私は、あのお方を殺して……死ぬつもりで」

そうでなくとも、身代わりがバレたとたん殺されるはずで。

生きたまま、喰われるはずで。

それでもよかった。そうして、私は母さまのところへ行くはずだった。だというのに、

あのお方はなんとおっしゃったのだろう。

——俺が欲しかったのは、端からおまえだ。

誰も求めない私に。

いらない子な私に。

あのお方はなにを。

「……きっと、なにかの間違いだ」

なにもかもすべて間違いなのだ。

そうでなければおかしい。けれども、勝手に胸に温かさが湧《わ》いて、涙があふれてくる。間違いでも誤りでもいい。一時の錯覚でもかまわない。与えられたお言葉を、私はひっそりと噛みしめる。そのささやきは、私にとってあまりにも美しい、きれいな夢だった。

「……これから、いったいどうしたらいいのかしら」

いつまでも、畳に転がっているわけにもいかない。

夢は夢だ。いつかは醒《さ》めるのだ。嘘《うそ》のように、終わるのだ。

その前に、私になにができるだろう。私は必死に考える。桔梗さまや実家に害が及ぶことはないように。それでいて、酒呑童子さまの失望が大きくなる前に、誤解を晴らさなくてはならない。たとえ死ぬとしても、だから、私は話をするために立ちあがろうとした。

けれども、そのときだった。

縁側から凛《りん》とした声がした。

「やっと酒呑の嫁が来たそうじゃないの」

ハッと、私はそちらへ顔を向けた。次いで息を呑んだ。

桜降る中に、美貌《びぼう》の女性が立っていた。

夏の最中、何重にも着物をまとい、髪に簪《かんざし》を刺し、化粧をした肌に汗ひとつかかずに。

そのさまは、華のように、蝶のように、鯉《こい》のように美しい。

遊女か、あるいは姫のごとき豪奢な立ち姿。絵物語のような人に、私はただ見惚《みほ》れる。

艶やかな黒髪は複雑に結われていた。唇は厚く、明るい朱で染められている。目は大きく、華やかだ。乳房は豊かなのに腰は細い。金糸銀糸で飾られた着物に、その容姿はまったく見劣《みおと》りしていなかった。こんな存在自体が奇跡のようなお方が世にいるものなのか。

そう驚く私の前で、彼女は口を開いた。

「私は果穂《かほ》。五大のうちもっとも術に優れる大嶽丸の——比類なき花嫁よ」

＊＊＊

大嶽丸さまの花嫁。

二回連続【魅せ合い】での一位をさらった人。

この京都陣で今もっとも美しいとされるお方。

そうと悟って、私は縁側に進みでた。慌てて、両手を床につく。

すばやく土下座をして、私は声をあげた。

「申しわけありません！」

「えっ？」

「大嶽丸さまの花嫁さまの前に、見苦しい姿をさらしまして……あっ……ああああ、酒呑童子さまにも、まずはこれを謝るべきでした！　そうでした！　ああ、なんと情けない」

そう、思わず、私は頭を抱えた。いつもいつも、私は気がつくのと行動が遅い。愚鈍ねと頭の中で義母さまが笑った。はいと、私はうなずく。竹刀で叩かれてもしかたがない。

いけない、現実逃避に浸るのもまた、失礼だ。

わずかに視線をあげれば、大嶽丸さまの花嫁さまは、ぽかんと口を開けていた。まことに美しいお方は驚いた顔も美しいものなのだと、私は学んだ。

「変わった子ね」

「恐縮です！」

「褒めてはいないわ……まあ、このたびはずいぶんと変な花嫁が来たことね。顔を確認できたから、もういいわ……一応、【魅せ合い】の参加者を見に来ただけだから。それではね。鬼は気まぐれ。特に、酒呑童子は。せいぜい気にいられるように、努力をなさいな」

ひらり、袖を揺らして、彼女は振り向く。そうして、大嶽丸さまの花嫁は去ろうとした。けれども不意に、彼女は足を止めた。なぜか、ふたたび、私のほうを向く。

私はびくっとした。眉根を寄せて、彼女は私を見つめる。

「あ……あの、なに、か?」

「……今までの酒呑の嫁とは違うわね……あなた、顔をおあげ」

「もう、十分にあげております」

「もっとしっかり顎《あご》をあげて、私に顔をお見せ」

「いえ、あの」

「お見せ」

ぴしりと、命令が飛んだ。威圧もなく、刃物じみた鋭さもなく、ただ自然と人を従わせることに慣れた、高貴さにあふれたお声だった。おそるおそる、私は顔をもちあげる。

瞬間、ついっと顎に指を添えられた。美しい、朱に塗られた爪が、私の肌に触れる。

そうして、果穂さまはハッと息を呑んだ。なぜか、真剣に、彼女は眉根を寄せる。

「……これは……伝爺、伝爺っ！」

不意に、果穂さまは伝さまを呼んだ。なにが起きているのだろう。わけがわからない。舌をつかまれて、殴られるのだろうか。以前、義母さまにそうされたことを思いだす。でも、果穂さまはそんなことをする方には見えない。ただ、私はまばたきをくりかえす。

瞬間、屋根を丸い影が伝った。たしっと古毛布の塊《かたまり》が地面に落ちる。よく見れば、狸さまだ。どろんと宙返りをして、狸さまは伝さまに変わった。

「お呼びですかな、果穂さま？」

「見て、この子！」

「……ふむ……なるほど……これは……人間のことには鈍《にぶ》いゆえ、気がつきませんで」

じいっと、伝さまは私を見つめた。彼もまた、派手に眉根を寄せる。

ああと私は納得した。そういうことだ。私のことは求める花嫁ではないと、果穂さまの指摘でようやく伝さまも気づいたのだろう。すぐに酒呑童子さまにもお話が伝わるはずだ。そうして、間違いは正される。これで、きれいな夢もおしまいだ。

ああ、とてもすてきな時間だった。そう、私が目を閉じようとしたときだった。

「あなた、生家に滅びてほしい？」

「はい？」

果穂さまに思わぬことを問いかけられた。

もしやと、私は青ざめる。入れ替わりの罰が、桔梗さまの身にもふりかかるというのか。それどころか、お家がとり潰されてしまうのか。そんなことになっては、あまりにもおかわいそうだ。身代わりのことは今さら言い訳はできない。

それでも、私は必死に首を横に振る。回らない舌を動かして、私は切実に訴えた。

「いいえ、いいえ。私が、すべては私が悪いのです。だから、何卒《なにとぞ》、実家のほうは……」

ぎゅっと、果穂さまは私の両肩を握った。そうして、彼女は不思議な言葉を続けた。

「本当に？　嫁に来る前の家族に皆殺しになってほしいとかはなくって？」

「みなごろ……なぜ、そのようなおそろしいことを！」

「だって、髪はバサバサ、肌は荒れているし、舌もひどい。この栄養状態、この衰弱、疲弊ぶり……覚えがあるわ。かつての私よりはひどくないとは思うけれども、同じ」

「あ、の」

「あなた、虐待されてきたのでしょう？」

「えっ？」

虐待。

その言葉をもう一度、私は頭の中で転がす。虐待。確かに私はひどいことをされて、殴られ、蹴《け》られてきたけれども。虐待なんてことはない。だってすべてはしかたがないのだ。すべては私が醜くて、どんくさくて、気が利かないからいけないのだ。私が桔梗さまのような娘であればきっと誰もが優しくしてくれた。きっと桔梗さまも優しいままだった。

悪いのは、私だ。

私が、『いらない子』だから。

それなのに。

そのはずなのに。

「……あ、あれ？」

ぽろぽろとぽろぽろと。涙があふれて止まらなかった。違うとなんど心でくりかえしても果穂さまのお言葉は傷口に垂らした海の水のように染《し》みた。ああ、そうかと私は思う。母さまが亡くなられて以来、私は虐待されてきたのか。

私の涙は止まらない。見苦しい姿をさらしてしまっている。そう知りながら、どうしても感情をおさえることができなかった。顔すらも歪《ゆが》めて、私は子供のように声をあげる。

果穂さまは、そんな私を咎めようとしなかった。豪奢な振袖《ふりそで》を広げ、彼女はそっと私を抱きしめる。そのまま喉《のど》を絞められるかと、私はびくっとした。けれども、すぐに違うと気がつく。果穂さまはそんなことはしない。ただ、私に触れているところから彼女が汚れてしまう気がして、申しわけがなかった。けれども、その腕の中は温かくて心地がよかった。とてもいい匂いもする。それは香ではなく、果穂さまご自身の匂いのようだ。

優しく、私を包んで、彼女はささやく。

「殺したければ、それでもいいのよ」

ひっと私は息を呑んだ。

ドス黒い、お声だった。漆黒の墨のような、ささやきだった。

息もつけない私の耳元で、果穂さまは続ける。

「五大のうちの一名が嫁になるとはそういうことよ。こうと望めばそのとおりになるわ」

私は目を見開く。頭の中に、酒呑童子さまの残酷な逸話がよみがえった。彼は妖怪を殺し、その肉を喰った。なん百本もの骨を積んだ。ならば、人など簡単に殺せるはずだ。

同時に、私は気がついた。

きっと果穂さまは過去に人を殺してもらったことがあるのだ。大嶽丸さま。己の夫に。自然と心臓の鼓動が速くなる。なんと、おそろしいことだろう。この人は——果穂さまと夫の鬼は、人殺しなのだ。紅い血にまみれている。けれどもなぜか、怖くはなかった。果穂さまは、無闇《むやみ》に他人を傷つけるお方ではないだろう。この人は私を害さない。冷たい言葉をぶつけてくる人々とは違う。ただ、過去を清算したいかとたずねているだけだ。

そうして、問いかけへの答えは『否』だった。

私は偽の花嫁でここにいるのはなにかの間違いだ。いつかは酒呑童子さまに喰われて死ぬ身。そんな罪人が誰かに罰をと望んでいいはずがない。身のほどを知れというものだ。

それに、桔梗さまにも、義母さまにも、父さまにも。

無惨に、残酷に、喰い殺されてほしくなどなかった。

「私は……本当は、つら、くて」

「落ち着きなさい。ゆっくりしゃべればよくってよ」

「悲しくて、とても怖かった、です……でも、っ、」

本当に、それでいいの？

私の中のいじわるな誰かが問う。復讐《ふくしゅう》をしたくはないのかと。虐げられてきたのだから、なにもかもを壊してしまえと。おまえにはその権利があると。けれども、私は答える。

それで、いい。

それでいいから。

「死んでほしくなど、喰われてほしくなど、ありません……認めてくれなくて好いてもらえなくて、苦しかったけれども……私のいないところで、幸せに暮らしてほしい、です」

そう、私は応えた。はあっと、息を吐く。やっと、酸素が吸えるようになった心地だ。

大きく、伝さまはうなずいた。一方で、果穂さまは顔をしかめた。彼女はひどく気分を害したようだ。私は申しわけなくなる。けれども、果穂さまは首を横に振った。

「勘違いしないでちょうだい。悪いのは正直に答えたあなたではなく、私のほうよ」

「果穂さまは、なにも」

「ただ、私はあなたのようないい子ちゃんは大っ嫌い」

言いきられてしまった。けれども、それが当然だ。

私も自分のことは好きではない。だから、私はうなずく。

「はい」

「私のかつていたところではね。あなたのようないい子ちゃんから死んだわ」

「……はい」

「あなたもまた、すぐに死にかねない。あなたのような甘い人間が、五大のアヤカシの嫁になるというのは、そういうことよ」

「…………はい」

「だから、生きているうちはなるべくかまってあげることにしたわ」

「えっ？」

思わぬお言葉だ。私は首を横にかしげる。

果穂さまは唇を艶やかに曲げた。それから、小さく噴《ふ》きだした。本当に華やかな、太陽のごとき笑み。それがまぶしくて、私は目を細める。彼女は続けた。

「伝爺！　しばらくこの子と酒呑は面会禁止よ！　アイツ、人間の変化には鈍いし、どうせ今は舞いあがっているんでしょうけど、この子の過去に気がついたら生家の者たちを八つ裂きしにいくわ！　それをこの子は望んでいない……そうね、最低五日は隔離なさい！」

「心得ました！　いやはや事実を知られれば、八つ裂きでは済まないでしょうなぁ。なにせ、酒呑童子さまの莉子さまへの想《おも》いはこの伝も驚くほどですので……いや、しかし、今、酒呑童子さまの執着の理由もわかりましたぞ。莉子さまは優しい嫁子でいらっしゃる」

「あ、あの」

「あなたのようなお方が、酒呑童子さまのお嫁に来てくださったこと。爺は嬉しゅうございますぞ。ただ、問題は……酒呑童子さまが、莉子さまから離れたがらないことですが」

「そんなもん、嫁入りの緊張で熱がでたとでも言っておきなさいな。私の嶽《たけ》からも、言うように告げておくわ。あの人たちまるで仲の悪い大きな子供ですから……喧嘩《けんか》になるかもしれないけれど嶽は首領だし、我慢が嫁のためだとあれば、酒呑も聞き入れるでしょう」

「そうしていただければ、ありがたいですな。万事、心得ました」

にこにこと、伝さまはほほ笑んだ。あれ？　と私は首をかしげる。やはり、肝心の誤解は晴れないままなような……どうしたらいいのだろうと、私は迷う。けれども、私がなにかを言う前に、果穂さまは動いた。私の黒髪を手にとって、彼女はつぶやく。

「うーん、絶対もとは美しいのよね。素材としてはいいわ。まずはどうするべきかしら」

「あの、果穂さま」

「あなた、名は？」

「り、莉子です」

「いい名ね。それでは莉子。安心なさい」

果穂さまは目を輝かせた。

そうしておもしろいことなどなにもないのに、彼女は声を弾ませて宣言した。

「この京都陣で一番のいい女が、あなたのことを鬼にふさわしい嫁にしてあげましょう」

肆《し》

そうして嵐のごとくはじまった一日目。

私は、ただ、ただ、眠ることとなった。なぜならば本当に熱をだしてしまったためだ。いろいろな人に思いがけないお言葉をいただいた。『いらない子』で偽の花嫁にもすばらしい言葉をたまわって、美しい笑みも見られた。もう、死んでもいいというような嬉しいことが起きすぎた。これらを受け止められる余裕なんてない。

精神的にも肉体的にも、私はもう限界だった。

私の不調に、果穂さまはすぐさま気がついた。そうして、休みなさいとささやいた。

『ここにあなたを害するものはいないから。今まで休めなかったぶんまで休むがいいわ』

どこまでも優しいお方だ。いつかはお別れしなくてはならないことが、悲しくてしかたがない。けれども、私がそう思う間にも、果穂さまは屋敷へと帰った。

そうして、伝さまはテキパキと床の準備をした。夏だからだろう。ふわふわと軽く、薄めの布団に、私は寝かされる。熱冷ましだという、煎《せん》じた薬草もいただいた。あっという間に、枕元《まくらもと》には冷えた茶とガラスの器が並べられ、額には氷嚢《ひょうのう》がおかれる。

一連を整え終えて、伝さまはおっしゃった。

「辛くはございませんかな?」

「ありません……ありがとうございます。あの、私」

「今はただただゆっくりおやすみを。熱が下がりましたら、この伝爺、おひいさまのお話を、いくらでも聞きましょうぞ」

「でも私、こんなお世話なんて」

「よいから、寝てくださいませ」

ぽんぽんと、伝さまは私の布団を優しく叩いた。

じわりと、私は涙があふれだすのを覚えた。情けないと、私は慌てて泣き顔を隠す。けれども、お見通しというように、伝さまは続けた。

「人間の子とは、よく泣かれるものですなぁ」

「す、すみません……失礼、を」

「なにをおっしゃる。人の感情とはかわいらしいものです。子狸の喜怒哀楽よりも複雑で、それでいてころころと動いて、見ていて飽きませぬゆえ。私は泣かれるお方も好きですよ。つまり、莉子さまのお心も、伝は麗しく思います」
二、三度、伝さまは、私の布団を叩いた。そうして、とても温かな調子で続けた。

「爺が枕元にいても眠りにくいでしょう。台所に行っておりますので、なにかございましたら、すぐにお呼びください」

「あ……の……」

「まだなにか？」

伝さまは首をかしげる。

私はおひいさまなどではないのです。たいせつにしていただけるいわれなどないのです。そう言わなければならない。それなのに、卑怯《ひきょう》にも私の口は別の言葉を落とした。

「おやすみ、なさい」

「はい、おやすみなさい。怖い夢があなたから遠くありますよう。どうか、よき夢だけが訪れますよう、おひいさま」

ほほ笑んで、伝さまは床を蹴った。どろんと、彼は宙がえりをする。あとには誰の姿もない。一度、顔を持ちあげ、私は虚空を見つめた。それから、ぱたりと枕へ頭を倒した。目の横を伝って、涙がしとしとと音もなくこぼれた。胸がはちきれそうで私は静かに泣く。

『おやすみなさい』

『おやすみなさい』

言って、そう返していただけることなど、長くなかったから。

嬉しくて。とても嬉しくて。束《つか》の間《ま》の幸せでもかまわなくて。

なんども、私は胸のうちでくりかえす。

おやすみなさい。

どうかよき夢を。

＊＊＊

『おひいさま』

『はやく、げんきになられて、おひいさま』

そんな声を、たくさん聴いたように思う。

ゆっくりと、私は目を開けた。熱で頭はぼんやりしている。状況を把握できるまでには時間がかかった。けれども、はっきりしてくると、とても驚いた。

いつのまにか、私は花まみれにされていたのだ。百合《ゆり》や、薔薇《ばら》や、紫陽花や、いろんな花が、私の周りには置かれている。

見れば、しわくちゃの灰色の小鬼――いや、おそらく、酒呑童子さまの配下の――小鬼さまの群れが、花々を運んでいた。見事な椿《つばき》をそっと置こうとして、特に小柄《こがら》なお方が私に気がつく。両手を振り回しながら、小鬼さまは金属的なかん高い声をあげた。

『ごめんなさい！　気づかれチャッタ！　ボクら、人には怖いでショウ？』

「……怖くなんてありませんよ」

彼らは鬼の一種で、人ではない。けれども、白目のない黒の瞳にはたくさんの心配がたたえられていた。私なんかに優しい目を向けて、花を運んでくださった。そのことがただ、ただ、嬉しく、ありがたい。そっと、私は手を伸ばした。そして、小さな頭を撫でた。

「ありがとう。優しい、小鬼さま……」

そうやって、私が触ることなど失礼だっただろうか。けれども、悩む暇はなかった。薬草の効果か、疲労のせいか、私はふたたび眠りの底へと落ちる。

最後に小鬼さまが、ぎゅっと私の指を抱きしめるのが見えた。

＊＊＊

夢を見る。

夢の中には義母さまや桔梗さまがでてくる。笑い声とともに、私は言われる。


おまえになど生きている価値はない。

早くに苦しんで死んでしまえばいい。

おまえの悲報を聞くのが楽しみだよ。


ああそうだ。

そうだろう。


蹴り転がされながら、私は思い知る。冷たいお言葉のとおりだ。

私には生きる価値などない。優しくされる理由などない。私にはいいところなんてひとつもない。醜く、どん臭く、頭も悪い。息をしているだけでも迷惑で恥なのだ。

私なぞ、なるべく早くに死ぬのが人さまのためだ。

そう思ったときだった。母さまを思わせるような、優しい声が耳に触れた。


違う。

温かな声は、はっきりと言いきる。その声が、絶望の淵《ふち》から私を掬《すく》いあげてくれる。
その声だけが、『いらない子』である私に、意味をつけてくれる。

おまえは誰より優しい、俺の花嫁だ。

私は混乱する。誰？　誰が。誰が、こんな言葉を、私にかけてくれるのだろう。

だから、莉子。

「死ぬなどと、さみしいことを寝言にしてくれるな」

＊＊＊

ハッと、私は目を開いた。顔のうえから、はらりとつつじが落ちる。
いつのまにか、室内は暗くなっていた。

どうやら日が落ちるほど長い時間、私は寝ていたらしい。

そうして、部屋の中には誰もいなかった。それも、そうだろう。あんなにもったいないお言葉を私にかけてくれる方など、どこにいるものか。すべては身勝手な夢に違いない。

そう、私が細く息を吐いたときだった。

「莉子？」

「はいっ！」

枕のほう、障子《しょうじ》側から声が聞こえた。思わず、私は跳びあがる。

そこに影絵が見えていた。すらりとしたツノの形が目に入る。私は悟った。

酒呑童子さまが部屋の外に座っているのだ。

「も、申しわけありません！　とんだご無礼を！」

「土下座ならばしなくてよい。寝ていよ」

「……私がなにをしようとしているか、どうしておわかりになったのですか？」

「おまえは、必要もないのにやるような気がしたのでな……熱をだしているものの床へと、無作法に近づいたのは俺のほうだ。どうか、そのまま休んでいてくれ」

しかしと、私はためらった。このままでは失礼では……けれども、どちらにしろ、酒呑童子さまからは私の姿は見えない。そう気がつき、私はもぞもぞと布団の中へと戻った。

しばらく沈黙が続いた。どうしよう、申しわけなさで息が詰まりそうだ。けれども、私と酒呑童子さまでは身分も種族もちがう。なにを口にしても無礼にしかならないだろう。

そう、私は身を固くした。やがて、酒呑童子さまはささやいた。

「昼間は、小鬼たちが悪かったな。人の多くは、アレらの潰れた果実にも似た姿に嫌悪を覚える。ゆえに、近づかぬようにと固く命じておいたのだが……」

「嫌悪など……とてもかわいらしい方々でした」

私は応える。それは心からの言葉だ。小鬼さまたちはとても愛らしかった。

今思いだしても、にこにこしてしまう。はぁっと、酒呑童子さまは大きく息を吐いた。

ふたたび、私は跳びあがった。本当に私は気が利かない。慌てて、私は言葉をつむいだ。

「申しわけありません！　酒呑童子さまのたいせつな皆さまにかわいいなどと上から目線なことを……、そう、かっこよいと言うべき……いえ、もっと、きっとよき言葉が」

「……嫁にしてよかった」

「はへっ？」

幻聴だろうか。そう固まる私へ向けて酒呑童子さまは続けた。

「それとだ、莉子よ」

「はいっ！」

「かっこいい、は俺にだけ言え。俺に嫉妬《しっと》で、小鬼たちを殺させたくはないだろう？」

最後のひびきは、ざわりと低く。

ああ、このお方は殺すだろうな。

そう、本気を感じとって、私は拳《こぶし》を固めた。ごくりと唾《つば》を飲みこむ。頭の中が真っ白に染まった。いけない。それはいけない。口が勝手に動いた。懇願の声が喉から飛びだす。

「そ、そんなことをなさってはなりません！　なにかご気分を害されたのでしたら、私のほうを殺してください！　小鬼さまたちはどうかお許しください！　皆さま、優しい方々なのです！　そんな尊き子らを殺《あや》めるなどと酒呑童子さまにとってもよくないことです！　御身のためにもおやめください！　私でしたら大丈夫ですので、殺すのならば私を！」

「……莉子よ」

「はいっ！」

「なぜ、おまえが『自分ならば殺されてもいい』とのことを言いだすのかはわからんが」

「はいっ！」

「……嫁にしてよかった」

「……ええ」

さっきから、覚悟したこととは別のお言葉ばかりが返ってくる。どうしよう。酒呑童子さまはなにを血迷われているのだろう。もう、混乱が頂点に達してしまった。

どう考えても限界値だ。私がぐるぐるする中で酒呑童子さまはささやいた。

「もうひとつ、だ。さっきの寝言についても聞きたいのだが」

「寝言……なんでしょうか？」

「……よもや、おまえにそのような汚い罵声《ばせい》を向けたものがいたわけではあるまいな？」

私はゾッとした。その声は冷たく黒い。漆黒の、殺意の、こめられた声。

「そのようなものがいれば――俺は生かしておかんぞ」

私は、知る。

これが鬼だ。

私は震える。この声に嘘をついてしまったらどうなるのだろう。今すぐに、私も喰われてしまうのかもしれない。彼の貪《むさぼ》った骸《むくろ》のひとつになるのかもしれない。屋敷に来るまでに固めていた覚悟は、あっけなく瓦解した。生きたまま、食べられるのは辛いことだ。

同時に、私は果穂さまのささやきも思いだした。

これが鬼に嫁ぐということ。

ならばこの声に願いさえすれば。

「おりません！」

なるべく明るくなるべく軽く。しっかりと私は応えた。

起きあがって、胸を張り、涙は落とさないようにして。

「私の周りはいい方ばかりでした。ずっと、私は幸せでした」

すべては嘘だけれども。父さまにも義母さまにも桔梗さまにも、死んでほしくはない。

それに、なによりも。

「あなたさまの手を血で汚すようなことなど、なにも」

桜の下にたたずまれていた、あの美しい鬼を。

私のせいで血で汚すことなど、耐えがたかった。

酒呑童子さまは沈黙した。それから、ぽつりとつぶやく。

「……ならば、よいが」

「はい！」

「なあ、莉子よ」

「はい？」

ふたたび、沈黙が広がる。なにかと、私は首をかしげた。

やがて、酒呑童子さまは口を開いた。

「俺は鬼よ。喰うに、殺すに、犯すにも長《た》ける。だが、人の優しさは持ちえない。それでも、俺はおまえに優しくありたいのだ。この国の誰より、どんなアヤカシより、どんな人間より、優しく触れたいのだ。だから、無理はさせぬ。近くにもよらない。顔も見せない——今はそんなだ。声だけでは、とても本当とは思えないだろう。それでも信じてくれ」

私は思った。なにを信じればいいのかと。この声に。夢の中で、私を助けてくれた温かなお声に望まれるのならばなんでも信じられる。そう心に決めて、私は身がまえる。

重く、酒呑童子さまは告げた。

「愛しているよ、莉子」

本当に、飾りけのない、まっすぐな告白だった。

「俺はおまえになんでもしてやりたい。誰よりも確かな幸福を与えてやりたい。死んだほうがいいなどと言われては胸が張り裂けそうになる。おまえの幸せのためであれば、俺は百年を千年を、すべてを捨てても構わない。それだけ、俺はおまえのことを愛している」

確かに彼は『莉子』と言った。そこには驚くほどの想いがこもっていた。私はただ息を呑む。心臓が痛む。めまいがする。なにも返せないでいると酒呑童子さまはつぶやいた。

「……もう夜も遅い、か。無理をさせたな」

「……あ、の」

「返事はなくていい……おやすみ、俺の花嫁……俺たちアヤカシは、夢というものを見はせぬ。だが、人の子は見るのであろう？　なればよき夢がおまえのそばにあらんことを」

スッと、衣擦《きぬず》れの音がした。優雅な所作で、酒呑童子さまは立ちあがる。

影が消えた。灯りを移動させたのだろう。ふっと、廊下が翳《かげ》る。しばらく、私は固まっていた。けれども、ばふっと枕のうえに倒れた。目の前がチカチカして、くらくらする。

私は偽の花嫁で。いらない子で。そう、なのに。

もう、気づくしかなかった。これは認めるしかなかった。

「……そんな、嘘だ」

愛しているよ、莉子。

おまえの幸せのためであれば、俺は百年を千年を、すべてを捨てても構わない。

あの告白は、本物だ。

「……酒呑童子さまが、私を愛しているなんて」

信じられない。やはりなにかの間違いのはずで。

しかし、それでも、あの声だけは絶対に疑えない。

どうやら、私は愛されている。他でもないこの春日部《かすかべ》莉子が。

ぷつんと、頭の中でなにか糸が切れた。

限界を迎えて、私は急速に眠りにつく。

おそろしい夢は、見なかった。

よき夢がそばにあった。

伍《ご》

どうやら、私は酒呑童子さまに愛されているらしいのです。

私が混乱しながら告げると、果穂さまは唇をとがらせた。そうして、ささやいた。

「……それは当然というか前提でしょう？　あなたはなにを言っているの？」

それが、本日も美しい果穂さまの、実に不機嫌な第一声であった。

ふうっと、彼女は短く息を吐く。けれども、ああと、軽くうなずいた。

「でも、わからないでもないわ。今の今まで、酒呑はうちの嶽以上に嫁を替え続けてきたものね。あなただけ特別と言われたところで実感なんてとても湧かないかもしれないわ」

「わ、私だけ、特別、なのですか？」

「そう、嶽からは聞かされているけれども……でも、【魅せ合い】後にどうなるかはわからないわね……嶽だって、利用価値がなくなれば、私を放りだすだろうから……私がそうはさせないけれどもね。万が一私を捨てれば、後悔するのはアイツのほうよ」

果穂さまは気丈に腕を組んだ。ふんっと、彼女は短く息を吐く。それから、果穂さまは私へと向き直った。どこか悲しげな表情を浮かべて、彼女は真剣な口調で告げる。

「だから、あなたの今後の絶対の保証はしてあげられない。うっかり、私から言いきってしまって、酒呑の心が違《たが》えば申しわけが立たないもの。鬼とは、気まぐれで、自分本位。愛情が一時《いっとき》なこともある。うちの嶽が嶽だから、私には断言できないわ。ごめんなさいね」

そう、果穂さまは両手をあわせた。私は納得した。鬼の愛情は一時なこともある。ならば、酒呑童子さまもまた、娶り、そばに置くあいだだけ嫁をたいせつにされるお方なのかもしれない。期間中は、意識して愛をささやくのだ。まるで、子が人形を愛《め》でるかのように。そう考えれば、私への告白も理解ができる。

桔梗さまではなく、私が来たことへ怒っていない理由は不明だが……醜い妹のほうがなにかの手違いで来たと察して、それでも愛そうとしてくださっているのかもしれない。

そうして【魅せ合い】の終わりに、私は喰われるのだろう。

今までの嫁たちと同じように。

だって、私だけが特別な理由などなにもないのだから。

なるほどと、私はうなずいた。やはり、これは一時の夢。喰い殺されるまでの淡い時間だ。それならば、すべて納得ができる。

「よくわかりました！　果穂さまはさすがです。ありがとうございます！」

「うーん、あなたはなにか勘違いをしているような気もするけれども……」

「でも、あの、驚きました……大嶽丸さま」

「うん、うちの鬼が、なに？」

「その、大嶽丸さまが、果穂さまを捨てられることなどありうるのでしょうか……果穂さまは、とても美しくて、おきれいで、聡明で、お優しい方なのに……今だって、こんな」

「やめなさい、やめなさい、莉子！」

「はい？」

「私だって照れるのよ……まったく、この子は」

果穂さまは頰を紅く染めている。思わず、私は己の口元に手を添えた。失礼かなと心配にはなるけれども、どうしたって、にこにこしてしまう。だって、きれいなだけではなく、こんなにもかわいらしいなんて……ますます、私は果穂さまのことが大好きになった。

一方で、果穂さまは唇をとがらせる。

「ちょっと、なにを笑っているの？」

「だって、果穂さまがかわいらしくて」

「あなた！　まだ言うの！」

「ご、ごめんなさい……お気にさわったのなら、申しわけないです」

「いえ、謝ることじゃないのよ……まったく。嬉しいけれどもっ！　仕方のない子ね」

彼女は伝さまが淹《い》れたお茶を呑んだ。そうして、手のひらを上へ向ける。

ひらり、白が落ちた。夏の風とともに数百の白が舞う。

この場所は、桜の見える縁側だ。大嶽丸さまの屋敷では、紅葉が実に鮮やかだという。五つの邸宅を飾る季節は、庭ごとに違うらしい。中には木々ではなく、広大な花畑が設けられている屋敷もあるとのことだ。なんとも、すてきな、夢にあふれたお話だった。

桜の花びらを受けとめて、果穂さまはささやく。

「莉子、あなたは【魅せ合い】の設けられた意味と理由、嫁の立場を知っていて？」

「公開されている情報だけでしたら……」

「ううん、それだけじゃあ、少ないわね……いいわ、私が教えてあげる」

果穂さまは花びらを放った。ふわり、淡い白が空に浮かんでいく。果穂さまは続けた。

「【魅せ合い】とはなにか。そうして、嫁の心がまえをね」

***

「行事のはじまりの理由——その根底には、人のアヤカシへの不信があったのよ」

ゆるりと、果穂さまは話を切りだした。まるで、長い御伽噺を綴《つづ》るように。

「当然よね……アヤカシは妖怪の写し身。妖怪と同じ名と力、姿形をもつ……そして妖怪は人へと牙を剝いた存在だわ……アヤカシの尽力なくして彼らを打倒することはできなかった——そうとはいえども、敵とよく似たものたちを心から信じきることは難しいでしょう。それに、大規模怪異の頻度が下がるにつれて……アヤカシへの依存度も減ったのよ」

私はうなずく。一部の人間が、アヤカシを快《こころよ》く思っていないことは知っていた。

京都陣は五大のアヤカシの拠点。だからこそ、アヤカシと人との共存度は高い。

だが、陣の外では、アヤカシへの反発心を持つものも多くいるとは聞いた。中には『完全なるアヤカシの排除と人間のみの自治』を目標にかかげた、過激な組織もあるとの話だ。彼らは今程度の怪異ならば人にも鎮められると説き、アヤカシの根絶を求めている。

確か、十年ほど前から、その活動は過激になり——、そこでちりっと、私は頭を焼かれるような感覚を覚えた。なんだろう。なにか、ひっかかるものがある。確か、子供のころだったろうか。実際に、私はその犠牲となりかけたアヤカシに会った気がする。泡立《あわだ》つ水と小さな檻《おり》。中で苦しむ影たち。そんな記憶が脳裏によみがえった。だが、それは朧《おぼろ》げだ。淡くすべてが霞《かすみ》がかっている。なぜだろう……はっきりとは思いだせない。

「莉子、どうかしたの？」

「あっ、いえ、なんでもありません」

果穂さまの声で、私は我に返った。

今は思い悩んでもしかたがない。首を横に振り、私は果穂さまの話に集中する。

「また、五大のアヤカシも、人を好いているわけではなかったのよ」

「えっ、そうなのですか？」

「そう。彼らは母たる方の言うことを聞いていただけで、人のことなぞ、本当はなんとも思ってはいなかった……このままではいけない。今までは戦うだけでよかったが、それを変えていかなくてはと、母たる方は考えられたのね。そうして、人ならざるものと人を近づけるために……古くよりあった、伝統的な方法を選ばれたの」

「それは、どんな」

「祭りと、婚姻よ」

ああと私は思う。脳内でアヤカシが踊った。不思議な鼓の音にあわせて高い声は謡う。

今宵は六月の【お披露目】。

【お披露目行列】で御座い。

「それで【お披露目】と【魅せ合い】が」

「最初の最初は【お披露目】だけだったと聞くわ。でも、それでは五大のうち、玉藻の前を除く四大は乗り気にならなかった。彼らに嫁を大事にさせ、磨《みが》かせるためには――嫁という存在を通して、人への親愛を覚えさせるためには――嫁に付加価値をつける必要があった。そのために、嫁の魅力によって、首領の選ばれる儀式――【魅せ合い】が新設されたのよ」

そこまで語って、果穂さまは大きく息を吐いた。

喉が渇いたらしい。彼女は茶を一気に飲み干す。そして盆へとんっと湯呑《ゆの》みを戻した。

「また、この行事には五大のアヤカシから首領を選ぶさいに、揉《も》めごとを防ぐための意図もあったというわ。五大のアヤカシが本気の喧嘩をすれば、弱った国ごときたやすく滅ぶ。だからといって、人に五大へ直接投票をさせては角が立ちかねない……だから、大きな祭りをもうけて、『それぞれの嫁に支持を集めさせる』という方法におさめたってわけ」

なるほどと、私はうなずく。京都陣の祭りには多くの人がおとずれ、大々的に報道もされる。そうしてアヤカシと人に接点をもうけつつ、首領を穏便に選ぶ。また、五大のアヤカシに、嫁を通して人をいつくしむ術を覚えさせる。確かに、よくできた方法に思えた。

わずかながら疲れた声で、果穂さまは続けた。

「だから嫁は大事にされるわ。それが母たる方と五大の誓いですもの。母たる方は五大の良識を信じ、嫁の扱いについては一任された。でも、人でないものへと人が嫁ぐ以上……そうして嫁がアヤカシ側へ利益をもたらす以上、私たちには贄《にえ》としての意味がでてくる」

「贄、ですか？」

「ええ、現に本当の愛など結べず、別れた嫁は大勢いるわ。【魅せ合い】も当初は嫁側にやる気がなく、それはぎくしゃくとした拙《つたな》いものだった。うまく回り始めたのは、それぞれのアヤカシが、これぞという相手を定めてからよ……それの決まらない酒呑は、ずっとひどくてね。ある嫁などは、彼に舞台上で喰われそうにすらなったわ」

私は目を見開く。実際に人前で嫁が殺されそうになったときすらあるのか。やはり嫁は喰われるのだ。その事実を私は嚙みしめる。同時に、果穂さまは首を横に振って続けた。

「そしてね——うちの嶽も、まことに私を愛してはいないのよ」

「そんな！」

「考えなしの否定はおやめなさい、莉子。あなたに、私たち夫婦のなにがわかって？」

厳しい声だった。鋭い口調だった。私は背筋を正す。深々と頭を下げて非礼を詫《わ》びた。

「申しわけ、ありません。出過ぎたことを」

「許すわ。あなたならばそう反応すると知りながら話したのですもの……あのね、莉子。私とあの鬼に愛はない。でもね、別の誓いで結ばれているわ。それこそが私の誇りなの」

果穂さまは断言した。その目は凛々《りり》しく、中には、確かな自信が輝いている。形よく豊かな胸へ、果穂さまは指を添えた。彼女は朱に塗った唇を開く。

「彼は【魅せ合い】に勝ちたい一心で、私を選んだ。それだけ、私は魅力的な女なのよ。あの鬼の多大な期待を、私はすべてかなえるわ。そう、見出《みいだ》され、嫁いだときに決めたのよ。だから、彼も――」

私は思う。それは誓いだ。果穂さまは、過去に大嶽丸さまに人を殺してもらっている。彼女のような、優しいお方が。なればきっと、果穂さまは地獄のようなところからきたのだろう。そしておまえは美しいと見出され、美しくあれと、鬼に望まれた。

果穂さまは応え続けることを選んだ。その誓いは、きっと愛よりも強い。

「すてきな、ご関係ですね」

「えっ、うそ……そうかし、ら……いつも神薙《かんなぎ》には偽夫婦と馬鹿《ばか》にされるのだけれども」

「それもとても確かで強い、お二人のありようなのだと思います」

「……莉子」

「はい？」

「前の言葉は訂正するわ……私、やっぱりあなたのこと好きよ」

「えっ………ええええっ」

思わず、私は驚きの声をあげた。あさっての方向に視線を向けて、果穂さまは頬を赤く染めている。本当だろうか。まことだろうか。私は涙があふれるのを感じた。

胸が詰まって言葉がでない。けれども、酒呑童子さまに告白をされたとき、なにも返せなかったことを思いだした。今は告げなくては。だから泣きながら、私は口を開いた。

「わ、私も果穂さまのことが大好きです！　失礼かもしれませんが、まるで私に実の姉さまがいればこのような感じだったのかと……そのようにお慕《した》いしています！」

「そ、そうなの……なら、そうね。私のことは果穂姉と呼んでもよくってよ」

「果穂姉さま！」

「あなた、すなおね」

冗談だったのか、果穂さまは目を丸くする。しまった。調子に乗ってしまった。これだから、私はダメだ。そう、頭を抱えかけた私に、果穂さまはほほ笑んだ。

「その呼びかたは心地よくってよ、莉子」

果穂さま改め——果穂姉さまに私は抱きついた。嬉しくて嬉しくて自分を抑えきれなかったのだ。果穂姉さまはぽんぽんと私の背中を叩いてくれる。私はさらに涙をこぼした。

ちょうど、伝さまが新しいお茶と冷菓子を運んでくださったところだった。

彼は皺《しわ》くちゃの目をさらに細めた。そして、おやおやとほほ笑んだ。

＊＊＊

「主題を見失ってしまうところだったわね……ようするに、私の言いたいのは嫁は都合次第で捨てられる、ということよ……あなたには、辛い事実かもしれないけれども」

蜜柑《みかん》の寒天寄せを切りとって、果穂姉さまはささやいた。

ぱくりと、私もひと匙を口にいれる。ひんやりと甘く、適度な酸味がとてもおいしい。中で粒が弾《はじ》ける感触も心地よかった。そういえばお粥《かゆ》もおいしかった。昨日は梅粥で、今日はササミの中華粥だった。このご恩は必ずお返ししよう。そう、私はしみじみと誓う。

「ねぇ、あなた、ちゃんと悩んでいる？」

「いえ、あの、特に問題ないもので」

「問題あるでしょう。諦《あきら》めるには早いわよ」

本当に、心配をなさらないでもいいのに。痛いかもしれないけれども、喰われる覚悟は改めて固まっている。私がそう思う一方で、果穂姉さまはうーんと空をあおいだ。

「八岐大蛇と神薙のような関係になれればねぇ……いえ、あの二人も歪ね。玉藻の前と美《み》柳《やぎ》は美柳のほうが移り気だし……両面宿儺と蜻蛉《かげろう》じゃさらに不安になるだけでしょうし」

「あの」

「なにかしら？」

「その皆さまは、まだお会いしていない……三大のアヤカシさまの花嫁なのですか？」

私はたずねる。ぱちくりと、果穂姉さまはまばたきをした。長いまつ毛が、蝶のように羽ばたく。そうしてぽんっと、果穂姉さまは手を打ちあわせた。

「私ったらうっかりしていたわ。そうね、顔合わせは早いほうがなにかといいでしょう」

「あの、果穂姉さま？」

「会いにいきましょう、莉子」

ぱくぱくと寒天寄せを食べ終え、果穂姉さまは立ちあがった。慌てて、私も自分のぶんを食べきる。ごちそうさまでしたと手をあわせて、片づけやすいよう皿を重ねてたずねた。

「会いにいくのですか？　どなたに……」

「決まっているじゃない」

私へと、果穂姉さまは手を差し伸べた。白く傷ひとつない、きれいな手のひら。私の水仕事で荒れた肌とは大違いだ。それを傷つけてしまわないかが怖くて、おそるおそる、私は指を重ねた。とたん、果穂姉さまは、ぐっと私をひっぱりあげた。その力強さ。温かさ。

かつての桔梗さまの手を私は思いだした。またあふれた涙を、私は慌てて隠す。

踊るように、果穂姉さまは歩きだした。そうして、謡うように続ける。

「他の三人の嫁、全員に、よ!」

陸《ろく》

やれ、道を開けよ。

お出かけだ、お出かけだ。

お優しい、我らが花嫁さま。

おひいさまのお出かけだよ。


小鬼さまたちが謡う。竹林はざわざわと蠢いた。行きとはまた違う道が開かれる。敷かれている石も異なるように思えた。おそらくこの石畳は外ではなく、他の花嫁さまのところへ通じているのだろう。燈籠に向けて、私はお辞儀をした。見れば、小鬼さまたちはなにやら不思議な動作をしている。石畳の道へ向けて、彼らは真剣に花びらをまいていた。

なぜ、と私は思う。けれどもなんだか楽しそうだし、きれいだし、きっとよいことなのだろう。小さく、私は拍手をした。ますます華やかに、小鬼さまたちは花びらをちらす。

あきれたように、果穂姉さまは腕を組んだ。

「驚いたわ。短期間でずいぶんと好かれたものね。うちには、嶽の配下の青の小鬼たちがいるけれども、こんなに懐いてくれてはいないわよ」

「えっ、懐いてくださっているのですか？」

「だって、あの花びら、明らかにあなたのためにまいてるじゃない？」

「ええっ？」

私は驚く。そんな理由とは思わなかった。振り向くと小鬼さまたちは小籠をひっくり返し、底を叩いていた。どうやら花びらが尽きたらしい。本当に、私のためならばこんなに嬉しく、ありがたいことはない。そうでなくとも小鬼さまたちのかわいらしさに、私はにこにこしてしまう。果穂姉さまは私の顔をのぞきこんだ。そして、しみじみとうなずく。

「……なるほどね。これは好かれるわ」

「果穂姉さま？」

「なんでもないわ。行きましょう」

果穂姉さまは、私の手を引いた。目の前の竹林はさらに激しく蠢く。その間を進むうちに、私は違和感に襲われた。飴《あめ》細工のように視界は歪んでいく。目にするものの輪郭《りんかく》が変化していった。気がつけば、左右の木々はすべて優美な柳になっている。苔むした燈籠も消えていた。中の小鬼さまたちの姿もない。代わりに石の台のうえには、狐の像が鎮座《ちんざ》していた。

よく見れば、それは本物の子狐《こぎつね》たちだ。豊かな尻尾《しっぽ》を揺らして、彼らは高い声で謡う。

とおりゃんせ、とおりゃんせ。

ここは、どこの細道じゃ。

「あらら、こっちはあとにするつもりだったのに」

果穂姉さまはため息をついた。軽く、彼女は肩をすくめる。ここは目指した場所と違うのだろうか。そう、私は首をかしげた。一方で、果穂姉さまは声をはりあげた。

「美柳どうせいるんでしょう？　迷い柳を開きなさい。大嶽丸と酒呑童子の花嫁が通るわ」

「酒呑……へーっ、つまり、その子が酒呑童子の新しい花嫁かー。なんかさ、今までの子とは違うって話も聞いてるんだけど？　姐《ねえ》さんから見て、どう？　トクベツ？」

「いつも言っているでしょう、姐さん呼びはやめなさい」

「あの……果穂姉さま、私は」

「ああ、あなたはいいのよ、莉子。好きなだけ、姉とお呼びなさい」

温かなお言葉に、私はほっと息をつく。そのときだ。

絹のごとく、なめらかな笑い声がひびいた。

「コイツはすごいや。確か、まだ一日目だろ？　それで、ここまで姐さんの警戒心を解くなんてやるじゃない……僕もオトモダチになりたいものだなぁ」

ガサガサと柳が鳴った。なにかが軽やかに、中から飛びだす。

現れた姿を見て、私は息を呑んだ。

金の帯を前で結び、その人は朱《あか》い着物を大きく着崩していた。肩と足がきわどいところまでさらされている。白く艶《なま》めかしい肌が目に毒だ。髪は甘茶色で背を覆うほどに長い。色素の薄い金色の目は狐を思わせた。にぃっと曲がった厚みのない唇は猫にも似ている。その全身からは爛熟《らんじゅく》した果実のように強烈な色気が放たれていた。だが、女性にしては肉づきがなく、男性としては儚《はかな》すぎる。腰も手足もすぐに折れてしまいそうなほど細かった。

性別不詳な人は、にまにまと笑う。

「うふっ、驚いてる。こういう初心《うぶ》な反応、たまんないよね……僕が男か女か気になる？　なんなら、僕の大事なところを見て、確かめてみない？　莉子ちゃん、だったよねぇ？」

「はぁ、いいかげんになさい。あのね、莉子。コイツは美柳。玉藻の前の花嫁だけれど性別は男よ。ふざけたことを平気で言うやつだから、あまり振り回されないように……」

「ふしだらなのはいけないと思います！」

果穂姉さまが語っておられる最中だ。それでも、私は声を張りあげた。ぽかんと、二人とも口を大きく開ける。その前で、私は拳を固めた。頭の中は真っ白で真っ赤だ。たとえば私が美柳さまのようなことを言えば、酒呑童子さまはきっと悲しむ。だから私は訴えた。

「あなたさま……美柳さまは、玉藻の前さまのお嫁さまなのでしょう！」

「あっ、うん、そうだけど……」

「それならば、玉藻の前さまを悲しませるようなことをなさってはいけません！　ご冗談でも、大事なところを人に見せようなどと言ってはダメです！　もっと御身をたいせつになさってください！　どうか、よろしくお願い申しあげますっ！」

「……おっもしろいなぁ、この子」

「おもしろくないです！」

「いやぁ、おもしろいよ、莉子ちゃん」

とたん、美柳さまはトンっと地面を蹴った。私の目の前にさらりと甘茶の髪がかかる。

あれ？　と思う間もなく、私は体に腕を回された。ぎゅうっと力がこめられる。はて？

と私はまばたきをした。これは……もしかして抱きしめられているのではないだろうか？

状況はわかった。でも、理解が追いつかない。私の頰に、美柳さまは頰をぐりぐりした。

「かわいいなー、かわいいなー、莉子ちゃん。『御身をたいせつに』だってー。でも、大丈夫！　僕の玉《たま》ちゃんは帰ってくるなら浮気してもいいよっていう狐だし、そもそも嫁同士の戯《たわむ》れは浮気にはなんないからさ！」

「……ひっ」

「ひ？」

「ひゃあああああ、お離しください！　後生です、お離しくださいっ！」

「かっわいいー！　あっ、でもちょっと肌カサカサしてるね……あふんっ」

ぺしっと音が鳴った。果穂姉さまが美柳さまの頭を縦に叩いたのだ。

色っぽい声とともに、美柳さまの腕がゆるんだ。そのすきをついて、私は逃げだした。

びっくりした。とてもびっくりした。心臓はどきどきばくばくしている。申しわけないけれども、私は果穂姉さまの背中にぴゃっと隠れた。果穂姉さまは腰に両手を当てる。

「この子にふざけて絡むのは、やめなさい、美柳。酒呑に喰い殺されるわよ」

「へー、あの酒呑が怒るの！　たかだか、人間のために？　玉ちゃんとすら、酒呑は不仲だっていうのに、そいつはすごいや。それなら【魅せ合い】後もお別れにならなくてすむかもね。そうなるといいなー。僕、莉子ちゃんのこと気にいっちゃったよ！」

かんらかんらと美柳さまは明るく笑った。けれども、それは無理だろうと私は考えた。

【魅せ合い】のあと、私はきっと喰われる。そういう運命だ。でも、いやではない。私がそう語ろうとしたときだ。美柳さまはなにか小瓶を投げた。果穂姉さまが受けとめる。

「それ、玉ちゃん特製の美容液。ちょっと、肌荒れがひどいからね。よかったら使って」

「あら、助かるわ。こういうので、あなたの右に出る花嫁はいないからね。ありがたく、莉子にたっぷりと塗りこむことにするわ」

「しっかり使って、三日もすればツルツル剝き卵肌になるよー。それじゃあ……玉ちゃんが呼んでるし、神薙のところに行くんでしょ、どうぞ！」

美柳さまは指を鳴らした。とたん、石の台のうえで、子狐たちが口を開いた。

高い声が謡う。


とおりゃんせ。

とおりゃんせ。


ざわざわと、柳が蠢いた。さらさらと葉が鳴り、新たな道が開かれる。

美柳さまは私のほうを向いた。そうして、ひらりと手を振る。

「からかってごめんね！　じゃ、また」

「あ、あの」

「ん？」

「化粧水、いただき、ありがとうございます。このご恩は決して忘れません」

美柳さまがわけてくださったのは玉藻の前さま特製のお品だ。絶対によいものに違いない。それを私などに与えてくださるとは本当にありがたいお話だ。それにこの方からは敵意を感じない。私は苦手だけれども悪い方ではないのだろう。深々と、私は頭をさげる。

少し、美柳さまは沈黙した。けれども、不意にささやく。

「……おまえ、本当にかわいいな」

男性らしい声だった。

私はハッとする。けれども顔をあげたときには、美柳さまは元の性別不詳な調子に戻っていた。腰にしなを作って、彼は明るく笑う。

「いっけなーい！　僕らしくもないや。こんなんじゃ、玉ちゃんにお仕置きされちゃうかな？　うふふっ、それもいっかーっ！　バイバイね！」

大きく、美柳さまは手を振った。まっすぐに、彼は駆けていく。

その先に、私は確かに見た。道の奥、異形の影。ちりんと遠くで鈴が鳴る。音に合わせて、九本の豊かな尾が揺れた。長い髪の、美柳さまと同様に着物を際どく着崩した、艶やかな女性の姿がちらりと見える。あれはきっと。

玉藻の前さま。

「行くわよ、莉子」

「あっ、はい。果穂姉さま」

呼ばれ、私は応えた。同時に、遠くの影はかき消える。私はきびすをかえした。

そうして、柳の間を抜けて、――驚いた。鮮やかな色彩に、私は目を焼かれる。

「わぁっ！」

空は青く、雲は白く、大地は黄色。

一面のヒマワリ畑が広がっていた。

漆《しち》

「すご、い……すごいですね、果穂姉さま！」

「まあね。見事にヒマワリだらけですものね」

あまりに美しい光景に、私ははしゃぐ。ああ、この光景を酒呑童子さまにもお見せしたい。いや、ここは他の四大のアヤカシさまの庭なのだ。彼は見知っているだろう。そう考える私の前で、果穂姉さまは肩をすくめた。なんだか意外に思う。こんなにもきれいなのに。もしかして、見飽きているのだろうか。けれども、いつまでも夢中になれそうな美しさなのに。そう、私は首をかしげる。ああと、果穂姉さまはうなずいた。

「ここはね、元はこうではなかったのよ」

「えっ、違ったのですか」

「ぜんぜん。五月雨に濡れる白樺《しらかば》の林だったわ。けれども、場の持ち主が花嫁の好みにあわせて、季節ごと変えさせたのよ。要は、ここのヒマワリは偏愛と溺愛の象徴ってわけ」

あきれるでしょう？　と果穂姉さまは続けた。

それでも、私の目に映る美しさは褪《あ》せなかった。突き抜けるように明るいこの光景が愛の象徴とは、とてもすてきなことのように思える。その好意は豪快で、鮮やかで、とても大きいのだろう。それだけ誰かに心から愛されるということは、まぶしく美しい夢のようで、うらやましくさえあるような……そこで、私は酒呑童子さまのお言葉を思いだした。

愛しているよ、莉子。

あれは一時の睦言《むつごと》だろうけれども。それでも、死んでしまいそうなほどに嬉しい。いや、いっそ、死んでしまいたいほどに。ああ、なんと幸福で嬉しいことだろう。愛しているとの言葉を胸に死ねるなど、以前は思いもしなかった。

「あーなにか……たぶん、酒呑のことね、に思いを馳《は》せているところ悪いんだけど、この花畑の持ち主と贈られた嫁を知れば印象はぜんぜん変わるわよ。なにせ、神薙は……」

「妾《わらわ》がどうした、果穂よ……また嫉妬か？」

小鳥のような声がした。

瞬間、ザッと、ヒマワリの一部が揺れた。

私は目を見開いた。視界がひっくり返ったからだ。

青空を背景に、誰かが私を押し倒して、うえに乗っている。その身体《からだ》は小さかった。日本人形のようにまっすぐに切りそろえられた黒髪が、涼しそうな金魚柄の浴衣に似合っている。肌は健康的な色をしているが、黒目が大きく、まるで彼女自身も金魚のように見えた。唇は小さくて、そこもまた、愛らしい魚を思わせる。とても、かわいらしいお方だ。

けれども。

子供だった。まだ花嫁にはなれないような童女だ。にぃっと、彼女は唇を歪める。

「妾とオロの仲がよいから、タケに愛されておらぬお主は妬《や》いているのじゃろ？　って、あれ？　……いかん、驚かす相手をまちがえたようだな。お主、誰ぞ？」

私に、神薙さまは顔を寄せた。ひくひくと、彼女は子犬のように鼻を鳴らす。

息をくすぐったく感じながら、私は応えた。

「はじ、めまして。莉子と申します」

「悪かったな、莉子とやら。いきなり、すまぬことをした」

ひょいっと、神薙さまは降りた。さらに私の手を引いて起こしてくださる。濃厚な土の匂いに気がつき、私はハッとなった。借りもののワンピースを汚してしまってはいけない。慌てて、私は背中を払った。小さな手のひらを、神薙さまもパタパタと動かす。

「あ、ありがとうございます」

「礼などいらぬ。お主をひっくりかえして土まみれにしたのは妾よ。よし、とれたぞ！」

どうやら、ご親切なお方らしい。それなのに果穂さまへのお言葉には鋭い棘《とげ》があった。

そのことに対して、私は違和感を覚える。まじまじと、私は神薙さまを見つめてしまった。

大きく黒々とした目を、神薙さまはぱちぱちさせた。それから、私をキッと睨《にら》む。

「なにか？　もしや貴様も妾は幼すぎるからオロの嫁にふさわしくない、帰れと申すか！」

「だから、あのときは悪かったわよ。私が全面的に悪いと思ってるから、私たちの夫婦仲への嫌味《いやみ》も、言い返すことなく、いちいち全部聞いてあげてるんじゃないの！」

強い口調で、果穂さまは言った。続けて、大きくため息をつく。

さらに、神薙さまは地団駄を踏んだ。

「ええい、貴様も土牢《つちろう》に戻れと言うか！　この人でなし！」

「土、牢？」

「神薙はね。神通力《じんずうりき》をもつせいである集落の神として祀られ、閉じこめられていたのよ」

果穂姉さまは語った。私は驚く。幽閉とは大変なお話だ。

私が聞いてもよいのか、心配になった。けれども、神薙さまは表情を変えなかった。あくびをするばかりで、話を遮《さえぎ》ろうともなさらない。果穂姉さまは続けた。

「未だに祀られている土着の生き神の名を聞いて、念のため、八岐大蛇が視察に向かった。そうして――今まで誰も気にいることなく、なんども嫁替えをしてきたというのに――彼は神薙のことを見初めたの。アヤカシの中でも、八岐大蛇は水神に属するわ。神格の高いものの求めには逆《さか》らえず、集落は神薙を解放した……そうして、今、その子はここにいるのよ」

「オロはな、妾のことをとてもとても愛している。妾にとっても、オロは夫で、兄で、父で、恋人よ。妾たちを引き離せると思うな！　土牢に戻るのは絶対にいやだからな！」

「だから、誰も戻さないわよ」

ふたたび、果穂さまはため息をついた。

改めて、私はあたりを見回した。大輪の花が揺れる。持ち主と贈られたお方を知ると、確かに、この光景には別の意味が加わった。私はそらおそろしくなる。このすべてが、このお方へ捧《ささ》げられたものなのだ。童女の身へ贈るには、あまりにも愛が重すぎる気がする。

そのときだ。

「オロ！　蜻蛉！」

神薙さまは弾んだ声をあげた。鞠《まり》のように跳ねながら、彼女はヒマワリの間を駆けだす。見れば、遠くに一人、細く儚げな女性の姿が見えた。灰色の長い髪に、鶴《つる》の描かれた白い着物のよく似合う、今にも消えてしまいそうなお方だ。垂れ目の横に、泣きボクロがあるのが印象的で、美しい。そっと、片手をあげて、彼女は神薙さまに応えた。

そうして、そのとなりには、

「ひっ！」

八つの頭をもたげた、巨大な蛇がいた。

うろこの一枚一枚が夏の光にぬらりと青黒く輝いている。そのお姿は大きく、見るものに畏怖《いふ》を抱かせた。元は水神であり、祀られた災厄でもあるとわかる形をしている。めまいに襲われ、私は倒れかけた。足に力をいれながら、私は心からの震えを覚える。

きっと、間違いはない。

これが、八岐大蛇さま。

一方で神薙さまはぽーんと地面を蹴った。すぽんと、彼女は八岐大蛇さまの巻かれた尾の中央の穴に飛びこむ。思わず、私はゾッとした。少しでも八岐大蛇さまが尾を締めれば即死だ。けれども温泉に浸《つ》かっているかのごとく、神薙さまは頬を緩《ゆる》める。八岐大蛇さまの硬い表皮に、彼女は頬ずりをした。

「妾のオロ」

そのお顔はとても幸せそうで。ああ、確かに、と私は思った。

神薙さまは、八岐大蛇さまの嫁で、妹で、娘で、恋人なのだ。

八岐大蛇さまは体を曲げて、神薙さまを細い舌でつつく。くすぐったそうに身をよじり、神薙さまは歓声をあげた。お二人はお二人の世界に浸かりはじめる。

その間に、儚げで清楚《せいそ》な女性が歩いてきた。彼女へ、果穂姉さまは声をかける。

「蜻蛉、やっぱり、来てたのね」

「ええ、神薙さまに屋敷へとお誘いいただきましたので……そちらのお方が、あの」

「酒呑の嫁よ」

「お話は聞いております。両面宿儺さまの花嫁の蜻蛉と申します。どうかお見知りおきをくださいませ」

そうして、蜻蛉さまは深々と頭をさげた。灰色の髪が、美しく流れる。思わず、私はぼうぜんとした。なんて、ていねいなお人だろう。慌てて、私も限界まで体を折った。

「ごていねいにありがとうございます！　莉子と申します。酒呑童子さまの……花嫁などと名乗ってもいいのでしょうか……その、いろいろと手違いもありまして……ともかく、こちらこそ切によろしくお願い申しあげます！」

言えた。支離滅裂な気もするが、あいさつはできた。頭をさげたまま、私は汗をぬぐう。すると、蜻蛉さまの困ったようなお声が聞こえた。

「あの、頭をあげてくださいまし」

「はい、失礼します！」

「……変わったお方ですのね」

「こういうやつなのよ。仲良くしてあげてね」

「それはもちろん。お友だちになれれば嬉しゅうございます」

瞬間、私は殴られたような衝撃を覚えた。

友だち。それも憧《あこが》れの言葉だ。私には仲良くしてくださる方などいなかった。それなのにすてきな姉さまに加えて、お友だちまで得られるなどと夢ではないのだろうか。感動に、私は細かく震える。じわり、涙があふれだした。それを、私は無理に止めた。まずは落ち着かなくては。息を吸って吐いて、私はたずねた。

「あの、私とお友だちに、なってくださるのですか？」

「はい、ぜひ」

「なんということでしょう。夢のような心地です、蛸蛉さま」

「私こそ。それとお友だちなのですもの『さま』はつけず蛸蛉とお呼びください……ただ」

蛸蛉さま……いや、せっかく呼ぶようにと言われたのに断るのも失礼だろう。蛸蛉は顔を曇らせた。幸薄そうな顔の影が濃くなる。そうして、彼女は小さく首を横に振った。

「次の【魅せ合い】か、その次の次の【魅せ合い】か……両面宿儺さまのお心しだいではありますものの、私は必ず追いだされます。いたらない……あまりにもいたらない嫁ですから。だから短い間となってしまうとは思いますが、それでもよろしければ……友人に」

そんな、私なぞ、今回の【魅せ合い】のあとに喰われる予定なのです。

そう続けることは、物理的にできなかった。八岐大蛇さまの尾の間から、神薙さまが飛びだしたのだ。私の目の前に華麗に着地して、彼女は乱れた裾《すそ》を直す。

「蜻蛉とスクナの仲はあいかわらずでのう……昼は我が屋敷に逃してやっているが、毎晩、ささいなことで怒鳴《どな》られるという。なんとかしてやりたいが」

「うーん、五大のアヤカシ自身の心を、変えることは無理だものね」

「左様。蜻蛉とスクナはこの調子。美柳とタマは快楽主義者同士。果穂とタケは偽夫婦とくる……やれやれ妾とオロくらいしか熱烈に愛しあっているものなどおらぬらしいのう」

神薙さまは胸を張った。幼いというのに、そこからは女の自信を読みとることができる。けれども、果穂姉さまは悪戯《いたずら》に笑った。

「わからないわよ。この莉子が酒呑童子の定まらなかった心を捕らえるかもしれないわ」

「はあっ？　妾以上に、己の夫に愛されることなど、許さぬぞ！」

ありえないことを神薙さまは口にした。これからも、ずっと彼女は花嫁でいるのだろう。けれども、私のほうは喰われる。それでも、その日まで、酒呑童子さまのくださるお言葉のひとつひとつが、私にとってはこの命より重いものだ。だから、そのお心をまことに捕らえられなくとも、私はとても幸せだった。そう考える私のほうへ、神薙さまは顔を突きだす。私を睨むと、神薙さまは、うん？　と首をかしげた。

「……待て、お主、顔色が悪いな？」

「あら、本当、ですね」

蜻蛉も隣へ並ぶ。じっと、お二人は私を見つめた。そうして、同時にうなずく。

「……お主も土牢に似た場所にいたか」

「その、あの、辛い、お生まれでは？」

蜻蛉と神薙さまのお言葉に、私は目を泳がせた。そんなに私はやつれているのだろうか。不意に、神薙さまは歩きだした。ヒマワリの海を横ぎりながら、彼女は言う。

「まずは血行をよくするぞ。妾特製の薬を煎じてやる。オロの屋敷へとまいろう」

「さすが、神薙はそういうの得意ですものね。だからこそ莉子を連れてきたのよ」

「私はうぐいすのフンや椿油を使って、全身を整えますすね」

「蜻蛉もありがとう。よろしくね」

果穂姉さまは、ほがらかに応える。

一方で、ただ、私は目を丸くしていた。なにかが、なにかが、始められている。

皆さまについて歩きながら、私はひたすら混乱していた。

どうやら私のやつれた姿をどうにかしてくださるおつもりらしい。手間と、時間もかかるだろう。もったいないお心づかいにもほどがある。そう慌てながら、私は口を開いた。

すると、神薙さまと蜻蛉は先に言った。

「礼などいらぬぞ」

「友だちなのですから当然、ですよ」

どっと、涙があふれた。思わず、私は泣きだす。果穂姉さまが、私の肩を抱いた。神薙さまは手ぬぐいを投げる。それを受けとり、蜻蛉は涙をふいてくれた。

八岐大蛇さまは無言のままだ。ただ、蛇の姿のまま、尾を投げだしている。

幸せだった。

夢のごとくどうしようもなく、心の底から、私は幸せだった。

＊＊＊

五日間は、飛ぶようにすぎた。

花嫁さまたちと会って果穂姉さまにかまってもらい、美柳さまにからかわれ、神薙さまと遊んで、蜻蛉にいたわられ、皆さまの助けをお借りして、自分を癒《いや》して。少しずつ少しずつ、消耗した体を治して。おいしいご飯をいただいて、たくさん眠って。料理や掃除を手伝おうとして、伝さまに叱られて。代わりにとお菓子をいただいて、頭を撫でられて。


そして、夜には必ず、酒吞童子さまとお話をした。


――息災か莉子。今日もおまえの小鳥よりも美しい声を聞けて俺はとても嬉しい。

酒吞童子さまはいろんなことを語った。小鬼の皆さまが私を気にいってくださったこと。伝さまが私を褒めていたとのこと。そんな、たくさんのもったいなくも嬉しいことを。

『不調はないか。辛くはないか。欲しいものはないか。さみしい思いや悲しい思いをしてはいないか。生まれた家を想って泣くことはないか。ちゃんと、幸せであってくれるか』

それらの問いに、私はいつも胸を張って応えた。

――これ以上なく、私は幸せです。

そうかと、酒呑童子さまはうなずいた。

それならよかった。本当によかったと。

――おまえが、ここに来て、辛くも、さみしくも、悲しくもなくてよかった。

――おまえが、幸せでいてくれるのならば、俺にもこれ以上の幸福などない。

そんな優しいことを言って。

最後にはかならず、告げた。

――愛しているよ、莉子。

私は思う。泣きだしたいような胸の温かさを抱えて考える。

ここに迎えられて、私はたくさんの優しさに触れた。そうでなければ、私はただ死ばかりを望み続けていたことだろう。いや、それ以前に、烏天狗に嫁入りをして壊されたのだろうか。けれども、そうではなくなった。今では私には友人も、姉もいる。そして悲しいことを言うなと、私にささやいてくれるお方がいる。すべてはそのお方のおかげだった。

酒呑童子さまが、醜い私をお捨てにならなかったから。

そうして、たとえ一時でも、私に愛をくださったから。

はじめて『いらない子』を求めてくださったのは。

他でもない、――人ではない――尊きお方だった。

だから、私はすでにあった決意を固くした。ただ一時の愛でもかまわない。いつか骨になるそのときまで、この方の言葉にお応えしたい。そう決めて、私は勇気を振り絞った。

その日、廊下が翳る前に、私はつぶやいた。

「……酒呑童子さま」

「なんだ?」

「返事はいらないと、いつもおっしゃいますが」

「ああ」

「私も、お慕いしております」

心臓が破裂しそうに高鳴った。ぎゅっと私は手を握る。己の手のひらに、私は深く爪を立てた。同時に、強く唇を嚙む。ああ、なんと身のほど知らずな言葉を吐いたのだろう。死んだほうがいい。今すぐに、自分で自分の胸を突いて、命を絶ったほうがいい。

それでも、
それでも、許されるのなら。

いや、許されなくてもいい。今すぐ喰い殺されてもいい。天罰で生きたまま八つ裂きにされてもかまいはしない。地獄に堕《お》ちたところで後悔はない。そここそ私にふさわしい。

たとえ一時の花嫁でも、
愛を謳っていいのなら。

「……お顔を、見せてくださいませんか？」

無理だろうと、思った。今の私は、どうかしている。

けれども絶望する間もなく、襖《ふすま》は勢いよく開かれた。

私は目を見開く。頰をかすかに染めて、美しい鬼が私を見返した。髪は黒、肌は白、唇は紅。そうして、目は切れ長。その中には、怖いほどにいっぱいの愛情がたたえられている。それにすがり、私は震えながら腕を伸ばそうとする。

けれども、そうする前に、嵐のごとくかき抱かれた。

「酒呑童子さま!」

「莉子!」

酒呑童子さまのお身体は冷たい。それでいて、とても温かい。

このお方は、私を愛そうとしてくださっている。それでも、こんなに力強く抱きしめてもらえるなんて思いもしなかった。

愛しい人に、包みこんでもらえる日がくるなどと、

絶対に、絶対に、ありえないことだと考えていた。

たくましい腕の中で、私はほろほろと涙をこぼす。

これ以上の喜びは、なんど生まれ変わろうが味わえはしない。私の髪に頰を寄せて、酒呑童子さまは嚙みしめるようにささやいた。

「……ずっと、おまえに直接会いたかった」

「私もです」

「……まるで、夢のようだ」

「ええ、まことに」

これこそ、美しい夢だ。

それでも、だからこそ。

「愛しているよ、莉子」

この愛に、今だけは溺《おぼ》れてしまいたい。

「私も、です」

それは五日目の夜。

二回目の【お披露目行列】の三日前のことだった。

捌《はち》

そこ退けそこ退け。
やい、道を開けよ。
五大のアヤカシさまと、その花嫁のまかり通る。
今宵は六月の【お披露目】。
【お披露目行列】で御座い。
テケテケ、ツン、
テケ、ツンツン。

＊＊＊

遠くから高らかな口上が堂々と聞こえる。

もう、六月の祭りは始められているのだ。


今日は梅雨どきのしとやかな雨は降っていない。乾いた空気の中、落ちつつある夜の帳《とばり》のもと鬼灯型の提灯が次々と灯《とも》された。交通を規制された道は、橙色《だいだいいろ》に染められていく。

そうして、まずは配下のアヤカシたちが街へとでた。

唐傘が一本足で踊り、犬神《いぬがみ》がひらひらと舞い、姑獲鳥《うぶめ》が羽を動かす。彼らは前座を務めて、その不思議な行進で、祭りを大いに盛りあげる。


そのあとに、私たち——花嫁と五大のアヤカシの乗る御輿がでるのだ。


指定の社務所に、私は待機している。

【お披露目】はあくまで顔見せ。本番は【魅せ合い】だ。それでも、さっきからどきどきして死にそうだった。だが、それは緊張のためではない。本来はそちらの意味で息も絶え絶えにならなければいけないだろう。【お披露目】は大役だ。けれども【お披露目行列】でこの汚れた身をさらすこと以前に——今、私はもっと緊張するすごい目にあっていた。

「……あ、の、酒呑童子、さま」

「なんども言っている。酒呑、と。他に好きなあだ名があれば、それでもよい」

「で、ではあの、酒呑さま。そろそろ、出番ですよ」

「莉子や」

「はい」

「今は俺に集中しろ」

「は、はいっ！」

酒呑さまの腕の中に、私は閉じこめられていた。しっかりと背中から抱えられたうえに、頭には顎をのせられている。さらには、時たま首筋へ頬ずりまでされた。

「今日も、俺のおまえは本当にかわいいな。誰よりも愛《う》い。大事な嫁よ」

私はたまったものではない。好いたお方に触れられるのは幸せなこと。幸福なこと。けれどもこれでは酒呑さまの過剰摂取で心臓が止まってしまう……あれ『酒呑さまの過剰摂取』ってなんだろう？ 我ながら、わけがわからない。だって、心地いいし、よい香りはするし、腕がたくましくて、背中がぴたりと触れていて、もう、なにも考えられないのだ。これでは【お披露目行列】前に目を回してしまいそうだった。それではいけない。

「あ、あの、酒呑さま」

「こうしていられることは夢のようだ」

でも、酒呑さまは離してくれない。そう、私は困る。

そのときだった。

「己が嫁にそうもべたりと張りつくとは女々《めめ》しさに拍車がかかっているな、酒呑童子よ」

「大嶽丸か。あいかわらず、語彙《ごい》力の足らん罵声よ。鬼のくせに狗《いぬ》の吠《ほ》え声にも劣《おと》るな」

「はっ、ぬかせ、ぬかせ。今の情けない姿で吠えられても、我にはただただ愉快なだけだ。と、言うかな。首領にかような口をきいてよいのか、酒呑?」

「……………チッ」

ハッと、私は顔をあげた。首領という言葉に、思わずまばたきをする。

目の前には、がっしりとした体格の男性が立っていた。とても背が高く、無骨な印象がある。今日ですら着飾ることなく、作務衣《さむえ》姿だ。そこからのぞく体つきは、立派な筋肉のついていることがはっきりと見てとれた。伸ばしっぱなしの黒髪はもつれている。それはすだれのように、そのお顔を隠していた。けれども、額には立派な角が輝いている。

自然と私は悟った。

このお方も、鬼だ。

初めて見る大嶽丸さまだった。果穂姉さまの旦那《だんな》さまだ。このお方がと、私はまじまじ見あげてしまう。けれども、我に返って首を横へ振った。いけない。しっかりしなくては。酒呑さまが、私のせいで馬鹿にされるなどあってはならない。

心を決めて、私は声をはりあげた。

「お待ちください、大嶽丸さま！」

「我になにを言う、酒呑童子の女」

「酒呑さまは情けなくなどありません！　酒呑さまは私の緊張を思って、ただ、それを解こうとしてくださっている優しいお方なので……」

「いや、俺は着飾ったおまえの姿を見て、たまらなくなって抱きついているだけだが？」

「しゅ、酒呑さまぁ」

思わず、情けない声がでてしまった。酒呑さまご自身がそう言うのであれば、否定することは難しい。お戯れがすぎますよと、私は振り向く。そして、うっと息を呑んだ。こてんと、酒呑さまは小首をかしげている。さらに少し目を不安げにうるませてたずねた。

「ダメか？」

「おかわいらしい！　大好きです！」

「俺もよ。俺のおまえも同じで、嬉しいぞ」

ふたたび、ぎゅうっとされる。私はわーっと叫びたくなった。

気がつけば大嶽丸さまは姿を消した。私の言動に、あきれてしまったのかもしれない。

あとで、ちゃんと謝罪にうかがわなくては。私がそう考えているときのことだ。ひょいひょいっとした足どりで、伝さまが姿を見せた。鬼灯型の提灯を片手にさげ、彼は言う。

「酒呑童子さま、いいかげんに準備をなさいませんと」

「もうそのような時間か。無粋《ぶすい》なことだ。あと少し莉子を堪能《たんのう》したいのだが……ダメか？」

「おひいさまの美しさを、皆さまに披露されたくはないのですかな？」

「それはしたい」

「ならば御輿へ」

伝さまにうながされ、酒呑さまは私から離れた。ひんやりとした肌の冷たさと、触れあった部分の温かさが遠ざかってしまう。少し距離を空けただけなのにとてもさみしい。

さらに、私は過酷な現実を思いだしてしまった。なんで、今まで平気でいられたのだろう。頭から氷入りの冷水をかけられた気分に陥《おちい》る。全身から、音をたてて血の気がひいた。

どう考えても、とんでもないことになっている。

あの、遠くから眺めるだけだった、六月の祭り。

【お披露目行列】に、私が花嫁として出るなどと。

ぱたぱたと私は手を動かした。奇妙な舞のようになってしまったが、今はしかたがない。必死になって、私は酒呑さまの袖を引いた。どうしたのだと、彼は当然のように振り向いてくれる。それが嬉しい。同時にこれもまた無礼と知りつつも、私はなんとか訴えた。

「あ、あの、しゅ、酒呑さま、私ごときがどれほどがんばろうと限界というものはあります。今からでも誰か別のお方になさってください！　御輿に座るには私はあまりにも……」

「俺の莉子や」

「はいっ！」

「そう、俺の愛する花嫁をおとしめてくれるな」

そっと酒呑さまは腕を伸ばした。大きな手のひらで私の頬を包みこむ。思わず、私はそこに自分の手を重ねた。酒呑さまの指は滑《なめ》らかで私の指よりも太く、固い。

応えるように、酒呑さまはほほ笑んだ。そうして、ささやく。

「俺を信じて、胸を張ってくれ。俺に望まれたおまえは、誰より美しいのだから」

ああ、なぜ、このお方は、こんなに私へと過分な言葉をくださるのか。

生きていてもいいのだと。

『いらない子』ではないのだと。

このお方の言葉を聞くたびに思える。

あふれる涙をこらえながら私はうなずいた。やはり私には御輿に座る価値はない。けれども。酒呑さまを信じるためであればどんな恥でも呑みこめた。そう、私は心を決める。

「行きます」

「いい子だ」

ニッと酒呑さまは笑った。さっそうと、彼は私を抱きあげる。続けて、トンっと床を蹴った。そうして、酒呑さまは用意された御輿へひらりと跳び乗る。愉快そうに、彼は声をはりあげた。

「さあ、酒呑童子とその花嫁がでるぞ！」

待機用の社務所の中。準備していた、アヤカシたちがうなずいた。

御輿が持ちあげられる。扉が開かれる。そうして高い声が謡った。

そこ退けそこ退け。

やい、道を開けよ。

酒呑童子さまと、その花嫁のまかり通る。

【お披露目行列】で御座い！

＊＊＊

左右に並ぶは、人々の影。

そうして、鬼灯型の提灯。

前を進むはアヤカシたち。

橙色の火に照らされて、折り紙で作られた蝶が踊る。金細工の蛙《かえる》が跳ねる。金魚が宙を泳ぐ。細く、管狐《くだぎつね》が回る。得体のしれない、虹色《にじいろ》の泡が弾ける。

特に多いのは、鬼だった。

酒呑さまの御輿の前座には、鬼の群れが踊りながら、進んだ。無骨な体を汗で濡らして、男鬼は金棒を振る。角を光らせて、女鬼は棒を回す。小鬼たちは、次々と花弁をふりまく。どこかで、誰かが鼓を叩いた。不思議な音が鳴りひびく。

テケテケツン。

テケツンツン。

目に入る光景は、まるで、なにもかもが夢のよう。

実際に乗ってみると、花嫁である己への視線など気にする余裕はなかった。御輿の下でくり広げられる、祭りの世界は別格だ。観光客の焚くカメラのフラッシュも気にすることなく、私はただ光景に見惚れる。沿道で眺めたときよりもすべてはあまりにもきれいで、美しい。夢中になりすぎて、私は御輿から落ちかけた。

「おっと」

すばやく、酒呑さまは私の腰を抱いた。お礼を言わなくてはならない。そう考えながらも、この興奮を共有したい思いのほうが勝った。幼い子供のように、私は声をあげる。

「酒呑さま、すごい、すごいです！」

「ああ、そうよな、莉子。この行列はすばらしい……だが、それも、当然。我々五大が母さまに開くと約束した祭りだ。そして、これはすべてはおまえたち花嫁のためのものよ」

胸を張れ。誇りに思うといい。

そう、酒呑さまはささやく。けれども、まだその実感はもてなかった。闇に呑まれながらも、色鮮やかな幻惑の行列。その魅力のトリコになりながら、ただただ、私は運ばれる。

けれども、すぐに知ることとなった。

【お披露目行列】は、
花嫁のためにある。

その意味と義務を。

＊＊＊

やがて、御輿は出発点とは違う社へ着いた。

始まりの場所にも、ここにも、鳥居は設けられていない。鳥居とは——姿をもたぬ神のための門だ。神の世界と人間世界とを分ける境界でもある。だが、五大のアヤカシは明確な実体をもち、人の世に棲んでいた。ゆえに特別な門も境界も、彼らには必要ない。

五大用の本殿も建てられてはいる。だが、中にはなにも祀られてはいなかった。

今はその階段前に多くの篝火《かがりび》が燃やされている。激しい炎が、玉砂利の敷かれた広場を煌々《こうこう》と照らしだしていた。一角には、観覧の抽選に当たった群衆や報道陣が待っている。

その前に五つの御輿はゆるりと降ろされた。

はじめて、私は他の御輿の中の方々を見た。

一番目は見たことのないお方だ。灰色の髪を短くした青年が立っている。顔の彫りは深いがずいぶんとお若くも見えた。ぶっきらぼうな大学生といった印象がある。鼠色の着物に覆われたたくましい背には、祭りだというのに鉾《ほこ》、錫杖《しゃくじょう》、斧《おの》がくくりつけられていた。

その隣に、寄り添うように蜻蛉が立っている。

なれば、両面宿儺さまと蜻蛉のご夫婦だ。

蜻蛉は濃淡の違う翠《みどり》の薄絹を重ねた、変わった着物をまとっていた。そのさまは羽を休めるカゲロウのよう。消えいりそうな儚い風情が、痩身《そうしん》に危うい美しさを添えている。

二番目には豪奢な美女がいた。艶やかな黒髪に狐の耳を生《は》やし、九本の尾を揺らしている。唇は紅く、胸は豊かで、全身の各部が柔らかそうだ。このお方のことは知っている。

玉藻の前さまと美柳さまのご夫婦だ。

美柳さまは、今日も朱い着物を派手に着崩していた。ただ、いつもとは違い、その袖には大輪の華が金糸で刺繡《ししゅう》をされている。普段は垂らされているだけの髪にも、小さな花がまんべんなく編みこまれていた。女のように美しく、男のように妖《あや》しい。その謎めいた美しさが、今宵は一段と際立っている。

三番目にはまた知らないお方がいた。

切りそろえられた長い白髪に、金色の目の似合う男性だ。細く、薄く、背は高い。鱗《うろこ》を模した外套《がいとう》を目にし、私はあっと気がついた。

八岐大蛇さまだ。今日は、人のお姿をとられたらしい。

つまり、八岐大蛇さまと神薙さまのご夫婦だ。

神薙さまは巫女《みこ》服をまとわれ、頭から白布をかぶっていた。まるで群衆から、姿を隠そうとしているようにも見える。だが、奇抜な衣装は白拍子に似た優雅な魅力を、幼さの中へと加えてもいた。そして、ちらりとのぞく神薙さまの大輪の笑顔が愛らしさを添えている。

四番目には大嶽丸さまがいた。

その前に、果穂姉さまの姿がある。彼女は凛と前を見つめていた。

大嶽丸さまと果穂姉さまのご夫婦だ。

果穂姉さまの服装に普段と大きな差異はない。いつも、彼女は遊女のように豪奢で、華麗だ。常から、果穂姉さまは美しく装っているらしい。けれども、違う箇所も数点あった。飾り紐《ひも》や扇子、簪に光る本物の宝石が、今宵はさらに、果穂姉さまを輝かせている。なによりもその表情。自信に満ちあふれた『魅せるため』の笑みの、なんと美しいことか。

そして、私のとなりには酒呑さまが立っていた。

さて、他でもない私は。

この春日部莉子はどうなのか。

私は桜色の布に、糸で模様を描き、袖をレースで飾った着物をまとっていた。そして耳元には、酒呑さまの目の色と合わせた紅い花飾りをつけている。どれも酒呑さまが自ら選んでくださった、とても美しい品々だ。けれども、私に似合うとはとても思えない。
四人の花嫁さまの美しさとは、比べようと考えることすら、おこがましかった。
私は穴に入りたいような心地を覚える。それでも震えることは必死にこらえた。
ここには酒呑さまがいる。
我々は、酒呑さまと莉子の夫婦だ。
なれば、逃げるわけにはいかない。
たとえどれほどにおそろしくとも。
ぼぉおおんと鐘が鳴らされた。
篝火が揺れる。群衆は鎮まる。
そこに、水面に石を投げいれるかのごとく、凜とした声がひびいた。
「五大の中でもっとも武器に通ずる両面宿儺が嫁、蜻蛉でございます」
名乗りが始まる。

【お披露目行列】は花嫁のためにある。今宵、集まりし、花嫁たちが披露されていく。


「知略に長けし玉藻の前が嫁、美柳でございます」

「神格の高き八岐大蛇が嫁、神薙にございます」

「術に優れし大嶽丸が嫁、果穂でございます」


次が私の番だ。どうしよう。どうすればいいのだろう。声をだそうとして舌が回らなくて、私は顔をあげる。そこで私は値踏みをするようなたくさんの人の視線に気がついた。

多くの目、目。カメラをかまえた記者も来ている。そのレンズは魚の眼球に似ていた。

好奇に満ちた複数の視線が、容赦なく私へ突き刺さる。ヒュッと、私は喉を鳴らした。


耳の奥で声たちがよみがえる。

おまえになど生きている価値はない。

早くに苦しんで死んでしまえばいい。

おまえの悲報を聞くのが楽しみだよ。

ああ、私など、

死んだほうが。

「莉子」

優しい声が呪縛《じゅばく》を解いた。私の肩を、大きな手のひらが抱く。そっと酒呑さまは私の右頬に口づけた。もしや、今までにないことなのだろうか。ざわりと、群衆はざわめいた。

それを無視して、酒呑さまはささやく。

「俺はおまえが誇りで、愛しい。だから、俺のおまえを、皆に自慢させておくれ」

ああ、この声。

やわらかく、温かい。

このお方に望まれるのであれば。私はなんにだってなれる。

あなたさまの誇り高い花嫁にも。

「力に優れし酒呑童子が嫁、莉子でございます」

私はそう名乗りをあげる。言えた。じわじわと喜びが胸を満たす。驚いたことに罵声や非難の声はあがらなかった。人々は、私を酒呑童子さまの花嫁と静かに受け止めてくれる。

そうして最後に——前回の優勝者である——果穂姉さまが宣言した。

「以上、五名、十日後の【魅せ合い】に挑みまする」

それを合図に手をつき、私たちは深々と頭をさげた。

顔を凛とあげて、魅せるように、誇り高くほほ笑む。

「どうか、その日をお待ちあれ」

観衆の沈黙もここまでで終わりの決まりだ。わっと、人々は沸いた。すべての名乗りへと向けてだろう。腕が伸びて、万雷の拍手が鳴らされる。歓声がひびき、口笛が吹かれた。

アヤカシたちが舞を舞う。高い声が謡った。


これにて今宵の【お披露目】は仕舞。

さらば也《なり》。さらば也。これにて御免。

＊＊＊

熱気のおさまらない広場にて、私はほうっと息を吐く。なんとか大役を終えることができた。信じられない。まるで夢のようだ。その事実に私は心から安堵《あんど》する。そのときだ。ぐらりと、視界が動いた。なにかと思えば酒呑さまが私を抱きあげたのだ。わぁっと、私は慌てる。そんな私に頰を寄せて、酒呑さまは声を弾ませた。


「よくがんばったな、莉子！　無理をせずともよいと心配したがさすがは俺のおまえよ」

「酒呑さま、皆さまが見ておりますよ！」

「かまわぬ！　むしろ見よ！　見るがいい」

「もう！」

「……ダメか？」

「ズルい！　好きです！」

「俺もよ！」

私を姫抱きにしたまま、酒呑さまはぐるぐると回る。

蜻蛉はほほ笑んだ。美柳さまは口笛を吹く。神薙さまも、八岐大蛇さまに抱きついた。

果穂さまはあきれたように肩をすくめた。けれども、その視線は温かい。

記者が写真を撮る。誰かが手拍子を鳴らす。

私たちは回る。ぐるぐると踊る。

ぐるぐる。

ぐるぐる。

どうしよう、だんだん、楽しくなってきてしまった。私と、酒呑さまは笑う。

「あはははは っ」

「ふふっ、いいぞ、莉子よ。笑え、笑え、笑っておくれ」

その声が嬉しくて、喜ばしくて。もっと、私は笑おうとする。

だが、その瞬間だった。

「あはは――――えっ?」

不意に、私は胸を突き刺されたような気がした。心に衝撃を受け、明確な痛みを覚える。音をたてて、全身の血が引いた。私の急激な変化を見て、酒呑さまは足を止める。心配そうに、彼は私の顔をのぞきこんだ。

「どうしたのだ、莉子よ。大丈夫か? きもちが悪いのか? 回しすぎてしまったか? それとも、緊張で体が辛いのか? すまぬ。鬼とは気が利かぬ生き物だ。大事ないか?」

「い、いえ、なんでも、ございません」

応えながらも、私は震えていた。今までの幸福の薄氷があっけなく割れ、冬の池に落ちたような錯覚を覚える。凍《こご》えるようだった。怖くて、怖くて。子供のように、おそろしくてしかたがない。

だって、私は見たのだ。

群衆の中に、あのお方がいた。

桔梗さまが。

それだけならば、怖くはなかった。けれども、おかしかったのだ。

彼女は喰い殺される運命から逃《のが》れられた。私は自害をしなかったけれども、実家にも罰はくだされなかった。酒呑さまのお慈悲で、すべてはうまくおさまったのだ。だから、桔梗さまがお怒りになることなどなにもないはずなのに。

顔を般若《はんにゃ》のごとく歪めて、彼女は口を動かしたのだ。

なによそれ、と。

玖《きゅう》

「――――ッ！」

悪夢を見て、目が覚めた。

声もなく、私は跳ね起きる。全力で走ったあとのように、心臓は跳ねていた。
胸が痛い。額にはいやな汗がにじんでいる。目じりから勝手に涙が幾筋もこぼれ落《お》ちた。
喉が笛のような音をたてる。意識的に、私は落ち着いて呼吸をするようにつとめた。そうしなければあえなく息が止まってしまいそうだ。まるで岸へ打ちあげられた魚のように。

苦しい。苦しい。痛い。辛い。誰かに背中をさすってほしい。
同時に、酒呑さまが、ここにおられなくてよかったと思った。

あのお方と、私はまだ床をともにしていない。
なんでも、鬼との夜は無理をさせるので、まだ体調が心配だとのことだった。

【お披露目行列】のあと、私が真っ青になっていたことからも、案じてくださったらしい。『我慢ができなくなるので、ともに寝ることも控《ひか》える』とのことだった。本当は私を抱かれたくないのでは……との不安は、その昼に全身を甘嚙《あまが》みされたことで解消している。あとから酒呑さまと並んで、伝さまに昼からはやめなさいと叱られた。唇をひき結んで、酒呑さまはすねていた。甘くも愛しい思い出だ。けれども、身をうずかせるような記憶も、悪夢を消し去ってはくれない。

「……母さま」

私は、声にだす。
ああ、なんて私は愚かだったのだろう。
母さまの骨について、私は不安に思ってはいなかったのだ。だって、桔梗さまは幼いころのように約束してくださった。彼女が喰われることなく、家に咎が及ばなければ骨を供養してくださると。殺せとの命令は果たせなかったけれども、桔梗さまも酒呑さまに殺意を抱いていたわけではない。桔梗さまは喰われることはなく、その立場は変わらず私のままだ。実家へ罰もくだらなかった。

私が死ぬのは少し遅れているけれども、違うことはそれだけだ。

だから、私はきっと、桔梗さまは母さまの骨を供養してくださったものと信じていた。

それに、思っていたのだ。

桔梗さまは、『おまえがただ死ねば、母親の骨を魚の餌にする』と脅していた。けれども、それはただ口で言うばかりで、本当はそんなことをするつもりはみじんもないのだと。かつて、桔梗さまは一人だけ私に優しかった。私と手を繋《つな》いで、草原を駆けたり、髪に花を飾ってくださった。だから、彼女はそんな残酷なことを、できるお方ではないのだと。

甘かった。

甘い、考えだった。

桔梗さまのあの目。あの怒り、あの憎悪、あの言葉。

――なによそれ。

なにが、お気に召さなかったのかはわからない。いったいなにが、いけなかったのだろう。けれども確かなことはひとつだ。私のような察しの悪い娘にも、それだけはわかる。

あの氷じみた桔梗さまなら、
母さまの骨を捨てかねない。

「……どうしよう……母さまが……母さまが」

やるべきことはわかっている。桔梗さまがまだなにもしていないことを信じて、実家へ飛んで帰るしかない。けれども、それには問題があった。実家へ帰るとなれば、酒呑さまに話をしなければならないのだ。だが、嘘の理由は言えなかった。きっと『実家へ』と口にだしたところで、全身の震えや言葉のつまりから、なにかがあると察されてしまう。なればこそ、帰宅を望むことなどできなかった。

【魅せ合い】後には喰われる立場でも、今の私は酒呑さまの花嫁だった。ゆえ、酒呑さまは私へお優しい。けれども、私はうっすらと気がついてもいた。

鬼の優しさとは苛烈さの裏返しだ——義理の妹の母の骨を魚の餌にまくなどという暴挙を——あのお方が許されるとは思えない。

酒呑さまの怒りひとつで、桔梗さまは死ぬ。

私は知った。鬼に嫁ぐとはこういうことだ。

それがいやならば自分でどうにかするしかない。けれども、どうすればいいのだろう。わからなかった。また、屋敷からは自由に外へは出られない。これでは八方ふさがりだ。

酒呑さまには気づかれないよう、昼間はつとめて明るく振る舞った。疲れがとれないからと無理を言って、なるべく会わないようにもしている。果穂姉さまや、花嫁の皆さまに相談することも考えた。けれども、酒呑さまへの内緒ごとに巻きこむわけにはいかない。


「……どうすればいいのだろう」


なすすべなく私は顔をおおう。けれども、好機が訪れた。

酒呑さまが、遠征をされることとなったのだ。

＊＊＊

「遠くに、行くこととなった」

めずらしく、私を呼びだしたかと思えば酒呑さまはそう話を切りだした。

瞬間、私は頭の中がまっ白になった。

こんなにも真剣に話されるなど、永遠のお別れに違いない。

【魅せ合い】のあとに生き別れとなることは覚悟していた。強欲の罰で、私は地獄に堕ちるだろうとも。けれども生きたまま離別のときを迎えるとは思わなかった。けれども酒呑さまの決められたことだ。決して、ワガママを言ってはいけない。そう思いながらも、つぅっと私の頰をひと筋の涙が伝い落ちた。

すると、酒呑さまは腕を伸ばした。

あやすように彼は私を包みこむ。私の背中を撫でながら、酒呑さまはささやいた。

「泣いてくれるな、莉子よ……俺もさみしい。ひとりぼっちの人の子のように、泣きわめきたい気分だ。だが、耐える。しばしの別れだ。どうか、花のような笑顔で送っておくれ」

「はい……わかりま、……しばしの？」

予想外の言葉に、私は目をしばたたかせた。あれ、今生のお別れではないのだろうか？

そんな私の前で、酒呑さまは首をかしげた。当然のごとく、彼は続ける。

「うん？『しばしの』別れだぞ。愛知に久々に大規模怪異がでてな。五大の誰かが行くことになったのだ。別に俺でなくともよかったのだが……それがなあの、言いにくいが」

「どうか、されたのですか？」

「……くじで負けたのだ。俺にはこういう運はない」

がっくりと酒呑さまはうなだれた。本気で悔《くや》しく思っているらしい。けれども、私は胸がうずくのを覚えた。いつもすばらしくかっこいいのに、くじに弱い酒呑さま……なんとかわいらしい。疲弊しきっていた心に、花が咲くかのごとく、私は温かなものを覚える。

蕩《とろ》けきった私の表情を見て、酒呑さまはムッとした。

「莉子よ……なんだ、その、なんとも言えないまなざしは」

「す、すみません。酒呑さまがあまりに愛らしくて、つい」

「愛らしいとはおまえのことよ、コイツめ」

酒呑さまは、私の頬に頬を寄せた。それから、ぎゅうぎゅうと、私たちはくっつく。

最近離れるようにしていたから、酒呑さまのよき香りにめまいがする。

そうして、私はぼうっとした。ハッと気がつくと、私の首には長い紐に結びつけられた透明な石がかけられていた。

「酒呑さま、これは？」

「近頃、俺のおまえは元気がない……そうでなくとも、俺はおまえがつねに心配で、鳥籠《とりかご》にいれておきたいほどだ。だから、『守り石』を造った」

「『守り石』？」

私は首をかしげる。絹で編まれた紐をつかみ、目の前に水晶型の石をかざしてみた。怖いほど透明なのに内側では黒や紅の光がまたたいている。きれいで、とても不思議な石だ。それをながめながら、酒呑さまはうなずいた。

「この数日をかけて、俺の力をこめた石よ……特に邪気あるものは自然と祓《はら》うが、俺の力も一部は使える。心もとなくはあるが、おまえを俺の代わりに守るものよ」

「……ありがとうございます。こんな……私にはもったいない」

「なにを言う。弱っているおまえを置いて、戦いに行く俺を、不甲斐《ふがい》ないと罵《ののし》ってくれてもよいのだぞ。鬼とは、争いを優先しすぎると……いつも、おまえは遠慮がすぎる」

「そんな、こと」

「なあ、莉子」

酒呑さまは、私の耳元でささやいた。息がかかり、私はびくっとする。

そっと、酒呑さまは私の髪に顔をうずめた。そうして続ける。

「……言いたくないことは、言わなくてもよい。俺は鬼よ。ゆえに言えないこともあろう。人はたくさんのことを隠すもの。そして、その多くは無理やり暴くべきものではない。そう、俺は知っている。なにもかも知ろうとするのは、暴君だからな。だが、忘れないでくれ」

「……酒呑さま」

「俺はいつでも、おまえの味方だ」

知っている。わかっている。

このお方は優しい鬼だから。

だが……だからこそ桔梗さまを殺してしまわれるだろう。桔梗さまに死んでほしくなくて……違う。それ以上に桔梗さまの血肉をあびる酒呑さまを見たくなくて、私は応える。

「わかっております」

たったそれだけを。

酒呑さまはさみしそうにほほ笑んだ。けれども、深追いはしなかった。

これ以上、傷に触れられては問題は実家にあると気づかれてしまう。そうなる前に私は酒呑さまの腕から抜けだした。きちんと彼と向きあう。畳に手をつき、私は頭をさげた。

「いってらっしゃいませ、酒呑さま。お怪我《けが》のありませんように。どうか、ご武運を」

「ああ。愛しいおまえがそう願ってくれる以上、俺は単身で【百鬼夜行】にすら勝とうとも……以前は、敵を山ほど喰らったことはある。だが、今の怪異は形がなく、煮るのもかなわん。そうでなくとも、時間などかけぬさ。大規模怪異程度、早々に鎮めて帰ろう」

この方は敵には苛烈で、それでいて優しい。その二つの真逆な本質を、私は愛した。

花のようにとはいかないが、望まれたとおりにほほ笑む。

出会ったときのように、酒呑さまは私の額に口づけた。そうして続ける。

「知事との面会もせねばならん……人との絆《きずな》は重要なものでな。それでも三日で帰る」

「はい、お待ちしております」

私はうなずいた。酒呑さまは立ちあがる。準備があるのだろう。きっと、お忙しいのに出発前に、私に会いにきてくれたのだ。まっすぐに、彼は部屋を出ていく。

その無事のお帰りを心より願いながら、私は考えた。

三日、あれば。

実家へ行ける。

桔梗さまをなんとか止めて。

母さまの骨を、受けとりに。

＊＊＊

「おやすみなさいませ、おひいさま。よい夢を」

「はい、おやすみなさいませ、伝さま。お疲れさまです」

夜のあいさつとともに襖が閉められる。

そのあとも伝さまはしばらくは起きている。今では私もお手伝いをしているのでよくわかっていた。伝さまはつねにお忙しい。けれども私はあることも知っていた。朝が早いため伝さまも丑三《うしみ》つどきには床につく。それを待って、私はこっそりと屋敷を抜けだした。

ひらひらと夜桜の舞う庭へとでて、竹林を目指す。

ここでもひとつ問題があった。小鬼さまたちが謡わなければ、『迷いの竹林』は開かないのだ。小鬼さまたちは優しい。だから頼みこめば、私の言うことを聞いてくれるかもしれなかった。けれども、酒呑さまに黙っての外出に、巻きこむことなどできはしない。

そう、酒呑さまが遠征されたところで、私の危機的状況に違いはなかった。

だが、ひとつだけ、光明もある。

以前、酒呑さまと『迷いの竹林』に来たときのことだ。小鬼さまたちは謡われなかった。酒呑さまが立つだけで、道は開いたのだ。また出立の際、彼は石について話していた。

『特に邪気あるものは自然と祓うが、俺の力も一部は使える』と。

もしも、こめられた酒呑さまの妖力《ようりょく》に、竹林が応えてくれるのならば。

「お願いです。外まで開いてください」

私は望む。とたん、守り石の中に小さく黒い火花が生まれた。それはパシッと闇の中を奔《はし》っていく。触れられた竹林はざわざわと蠢いた。くるくると回りながら、細い葉が散っていく。夜の中、左右に影は動いた。そうして、私の前にはかつて来た道が伸びていた。

「ありがとうございます」

誰にともなく頭をさげ、私は駆けだした。

燈籠で眠る小鬼さまたちを驚かせてしまわないよう、ひそやかに。そうしてすばやく広大な敷地を抜ける。高くそびえる石壁の間の門に、私は飛びついた。木製の巨大な閂《かんぬき》を汗を噴きださせながらひき抜く。湿った重い扉を、そうして全身の力でもって押し開いた。

一歩、外に出た。

瞬間、空気が大きく変わった。びゅうっと、清浄さのない風が流れる。

【お披露目行列】中でもない街の空気は、淀《よど》み、夏の粘《ねば》りけをもっていた。

その中を、私は息をきらして駆ける。

やがて目当てのものを見つけられた。

京都陣に【お披露目行列】から【魅せ合い】の間だけ走るタクシーだ。日ごろ、陣の中で利用できる足は、景観保全の意味あいから観光用の人力車が中心だった。だが、六月中は遠距離移動用に複数台のタクシーが走っている。こんな真夜中でも……いや真夜中だからこそ、陣中で見られるアヤカシがらみの催し——狐の蕎麦《そば》屋や火の玉の乱舞など——を眺めに観光客は動いていた。彼らを求めて深夜タクシーも走る。だから、私も移動手段を得ることができるのだ。今が六月でよかったと、私は心より思った。

タクシーは客を送り届け、帰る途中だったらしい。それでも停まってくれた。なるべく顔を見られないようにしながら、私は乗る。お金はもっていた。以前、伝さまが急に必要になるといけないからと、人間用のお金とアヤカシ用の品々をもたせてくださったのだ。

十分に足りることを確かめて、私は実家の住所を告げた。

「はい、了解しました……それにしても、娘さんお一人で遅いお帰りですね?」

「少し催しを見ておりましたもので……よろしくお願いします」

タクシーは発進する。そのときだ。

バサリと、大きな羽音が夜闇にひびいた。

まるで立派な鳥が羽ばたいたかのようで。

不思議と、気になる音だった。

＊＊＊

「こちらですね」

「はい、ありがとうございました」

私は料金を支払った。礼を言って、タクシーから降りる。

すぐ終わる用事なので、できれば、しばらく待ってほしいと頼んでみた。だが、さすがに遅いと断られてしまう。しかたがない。帰りは途中まで歩いて、朝方になったら走りはじめの車を見つけようと心に決めた。

ふっと、私は実家を見あげた。

瞬間、胃がひっくりかえった。

「……………うっ……………あっ……………」

発作的にこみあげた胃液を、私は無理やり飲みくだした。吐き戻すことはこらえられた。だが、きもち悪さは変わらない。心臓が脈動を刻み、全身がガタガタと勝手に震えだした。

いやだと、私は思った。心から、思った。

いやだ。いやだ。いやだ。

いやだ。

ここには、入りたくない。

もう、痛い思いをするのも、辛い思いをするのもいやだ。

昔ならば、耐えられた。私の心は鈍麻していて、蹴られても殴られても、大きく響きなどしなかった。けれども今では無理だ。温かなものを知った心はたやすく壊れてしまう。

それに今は深夜だった。このような非常識な時間に扉を叩けば、私などは殺されてもおかしくはない。その流れが自然に思えるほどに、私は強く、義母さまから憎まれていた。

きっと、今は桔梗さまにも。

そのことが、とても怖い。

きびすを返したかった。酒呑さまのお屋敷に。あのお方のお帰りを待てる場所へ戻りたかった。伝さまと姉さま、友だちに、花嫁さまたちの笑う、温かなところへと帰りたい。

なにごともなければすぐにでも、私は後ろを向いて駆けだしていたことだろう。

けれどもそのときだ。実家の石垣のそばに、私はあるものを見つけてしまった。

六月の紫陽花。

大好きな母さま。

ぐっと、私は胸元で拳を固めた。そうして死ぬような思いで、重い足を前へと運んだ。

泥の中を泳ぐような心地で、周りの景観に合わせて造られた日本家屋へ近づく。懐かしい扉はそこだけ洋風だ。窓のある位置には、五色のステンドグラスがはめられている。古風な唐草の柄が美しい。その隣にもうけられたチャイムを、私は震える指で押しこんだ。

ブーッ！

音がした。処刑の執行を待つように私はたたずむ。返事はすぐにあった。はいという声のあと足音が近づいてくる。私は首をかしげた。この時間に寝ていなかったのだろうか。

「こんな夜更けに……どちらさまで？」

「…………………………………………えっ？」

扉が開く。

一瞬、私はあっけにとられた。目の前にいるのが、誰かわからなかったのだ。

よく見れば義母さまだった。かつて、義母さまは険《けわ》しくも美しい女性だった。それがどうしたことだろう。以前との印象の違いに、私はまばたきをする。彼女はとてもやつれ、心なしか、小さくなってもいた。思わず、心配のきもちがあふれる。私は口を開いた。

「ご無沙汰《ぶさた》しております、義母さま、あの、どうなされたのですか？　大丈夫ですか？」

「……お、まえは」

「あの、義母さま」

「おまえ……おまえ、おまえ、おまえ、おまえ、おまえ、おまえ、おまえ、おまえ、おまえ、おまえ、おまえ、おまえ、おまえ、おまえ、おまえ、おまえ、おまえおまえ、おまえ、おまえ、おまえ、おまえ、おまえ、おまえ、おまえええええええええええええ」

低い声で、義母さまは呪うようにくりかえした。骨のような指で、彼女は私をつかむ。

私は恐怖にかられた。だが、同時に、その異様な様子を見てもなお、この短期間でどうされたのかと案じずにはいられなかった。やはり、義母さまの体からは異様なほどに肉が削《そ》げ落ちている。かつての適度な柔らかさをもつ姿のほうが、幻だったかのようだ。

ぎらり、彼女は私を睨んだ。ぬらりと眼球が光る。白目は紅く血走っている。薄い唇は乾き、割れている。義母さまは顔を歪めた。内臓を吐きだすかのように、彼女は続ける。

「おまえのせいだ」

なにもかもがおまえのせいだ、と。

＊＊＊

怨みの声はあまりにも重く、こめられた憎悪は暗すぎた。

逃げよう。心配をしている場合ではない。逃げなくてはならないと、衝動的に私は悟った。そうでなければ、なにをされてもおかしくない。

けれども次の瞬間、義母さまは泣き崩れた。

私の前に彼女はへなへなと座りこむ。そうして、嗚咽《おえつ》とともに涙を流した。なにが起きているのか。私にはわからなかった。ぼうぜんとする私の袖口へ、義母さまは必死で指を這《は》わせる。まるでなにかに怯《おび》えるかのようだ。彼女はすがるような調子で言った。

「おまえ、頼むから、アレをなんとかしておくれ……ああ、お願いだから……頼むよ」

「アレ、とは、なんのことでしょうか、義母さま」

「私のことよ！」

いっそ、明るい、声が弾けた。おそるおそる私は顔をあげる。

そこに、悪鬼がいた。

満面の笑みの悪鬼が。
私は思う。これは人間ではない。アヤカシでもない。ならばナニカ。
いや、違う。私は知っている。他でもない、この方の名前は。

「久しぶりね、莉子」

桔梗さまだった。
包丁を片手に、彼女は私を見つめていた。

＊＊＊

髪が痛い。
頭が痛い。
背が痛い。

どこもかしこも激しく痛み、軋《きし》んだ。

気がつけば、髪をつかまれ、私は廊下をひきずられていた。ごんごんと、頭や背骨が床に当たる。痛い。いたい、痛い。小さく私は悲鳴をあげた。だが、声は誰にも届かない。

その間、桔梗さまは鼻歌をつむいでいた。激痛に涙を流しながら私は恐怖にかられる。

こわい。怖い、怖い、怖い。

とても、とてもおそろしい。なにかがおかしい。

すべてが壊れて、歪んでいる。

桔梗さまは、いったいどうしてしまったのだろうか。彼女は厳しいお人だった。春になってもまるで溶けない、氷のようなお方でもあった。けれども、かつては優しい人だった。変わってしまわれたあとも、直接的な暴力は平手で打つか、踏むくらいだったのに。

今の桔梗さまは、常軌を逸《いっ》していた。

それに、あの包丁。私が来てすぐにとりにいったとは思えない。

ならば、その手に、持ち歩いていたとでもいうのか。

「ほらっ!」

「っ、あ!」

私は部屋の中へ放りこまれた。

桔梗さまの私室は和モダンなよそおいの洋間だ。そこは、私の寝起きしていた物置とはぜんぜん異なった。部屋には明るい光の降り注ぐ大きな窓があり、レースのカーテンがかけられていた。そして、一流の洒落《しゃれ》た家具たちがそろえられていた。

そのはずだった。

「……えっ？」

今、そこは見るも無惨な有り様《ありさま》と化していた。

機能的な机は壊され、華奢《きゃしゃ》な椅子《いす》は叩き折られている。造りつけの豪華な洋服箪笥には無惨な掻き傷が刻まれていた。カーテンは裂かれ、窓も割られている。そして床のうえにはなぜか複数社の新聞が散らされていた。薄汚れた灰色がカーペットを覆い尽くしている。中の一枚を桔梗さまはつまんだ。紙面を私に突きつけて、彼女は問う。

「ねぇ、莉子、これはなに？　どういうことかしら？」

「なにが、ですか？」

「とぼけないでっ！」

パァンッと音をたてて、頬を張られた。痛みと熱さに、私はぼうぜんとする。

顔が横へ向いた。そちらに落ちていた新聞の見出しが、大きく目に入る。

――酒呑童子についに運命の花嫁？

――過去に見られなかった溺愛ぶり。

――酒呑童子、妻を定めるか？

どこもかしこも、私たち夫婦のことを報じていた。

さらに私と酒呑さまのぐるぐると踊る写真が載せられている。私は笑顔で酒呑さまも笑っていた。その表情に、涙がでそうになる。けれども、感傷に浸る暇は許されなかった。

次の瞬間、私は、桔梗さまに胸ぐらをつかまれた。おそろしい目をして、彼女はたずねる。

「おまえは酒呑を殺して死ぬはずでしょう？　そうでなくとも、偽の花嫁とバレて喰い殺されるはずでしょう？　そのはずがこれはなに？」

「桔梗さま……お聞きください。勘違いをされて」

「運命の花嫁？　溺愛？　妻？　五大のアヤカシの一人の？　冗談でしょう？」

「桔梗……」

必死に私は声をだそうとする。違うのだ。話を聞いてほしい。

けれども、それはかなわなかった。先に、桔梗さまが鋭く言葉をつむいだのだ。

「ねぇ、莉子……あなた、これを知っていて、嫁に行ったんでしょう？」

「こうした扱いをされるとわかっていて、私を出し抜いた。そうなのでしょう？　本当にひどいわ。鬼のような女ね」

「違い、ます」

「うるさい！」

また頬を叩かれる。どこをどうすればそうなるのだろう。行かなければ殺す、行って死ねと命じたのは桔梗さまだ。あのとき私はとても悲しかった。それなのに彼女は続ける。

「でも、おまえは帰ってきた。私に花嫁の座を返すつもりならば生かしてあげてもよくってよ。ねぇ、莉子？　身のほどを知っているおまえはきっとそうするつもりなのよね？」

嫣然《えんぜん》と、桔梗さまは笑う。脅すように、彼女は片手で私の首を絞めた。

ぐぐぐっと、喉が軋む。意識がもうろうとしてくる。ああ、そうするべきなのかと、私は思った。本来望まれたのは桔梗さまだ。美しい花嫁だ。誰にとっても必要な方だ。あるべきところへ、あるべきものを返すべきではないのか。けれども、そのときだ。

明滅する視界に、私は花びらを見たように錯覚した。

忘れもしない、その光景。

ひらひらと舞う、白い桜。

その下に立つ、美しい鬼。


「わたす……ものか」


自然と声があふれでた。一歩遅れて私は思う。今の桔梗さまではダメだ。この歪んでしまったお方を、酒呑さまにはとても近づけられない。いや、違う。それはきれいごとだ。

そうではない。

これは、
これだけは。

私は。

「ぜったい……わたさ、ない」

私が喰い殺されるまで。

一人地獄に堕ちるまで。

酒呑童子さまは、私の旦那さまだ。

「わたしは……あのお方を、あいして、いる、から」

「あらあら、莉子。あなたみたいな嘘つきの豚がね」

私は涙の浮いた目で、桔梗さまを睨む。

包丁をかまえて、彼女は言い捨てた。

「じゃあ、死ね」

瞬間、キイイイインッと石が光った。黒と赤の光が乱舞する。

同時に思いだす。守り石は『邪悪なものは自然と祓う』のだ。桔梗さまは人に害なす妖怪や怨念ではないのに。私は悲しく悟った。石が反応するほどに、彼女は邪悪なものとなってしまわれたのか。鋭い光に、桔梗さまは弾かれた。

「あああああああああああああああああああっ！」

石の放った衝撃波によって、桔梗さまは壁に叩きつけられる。逃げなくてはならない。

私はそう考えた。だが、守り石の結界が私に勇気をくれた。まだ、なすべきことがある。

黒と赤の光に囲まれて、私は声をあげた。

「私の母さまの骨はどこ？」

「そんなもの……捨てたわよ。川にまいたわ」

ぐらり、私はめまいを覚えた。

知っていた。わかっていた。この桔梗さまが母さまの骨をとっておくわけがないと。けれども悲しかった。辛かった。私の母さま。お優しくて、かわいそうな母さま。

涙をこぼす私の前で、桔梗さまは哄笑《こうしょう》する。おかしくてたまらないと言うように。

歪みきった声が、私の鼓膜を激しく震わせた。そうして、彼女はその真実を告げた。

「おまえが嫁に行った直後にね！」

ああ、約束を果たされる気など、最初からありはしなかったのか。

そのとき、私はなにかの声を聞いた。ざわ、ざわ、ざわり、ざわり、ざわり、まるで無数の小さな口が、急に虚空に生じたかのようだ。ざわり、ざわり、ざわり、それは言う。憎いだろう？　潰したいだろう？　生かしておけないだろう？　殺したいだろう？

なら、殺しちゃいなよ。

私が、それにうなずきかけた瞬間だった。

「────いけない！」

ガシャアアアアアンッ！

誰かの声と残りのガラスが割れる音が重なった。腕が伸ばされる。黒い羽根が散る。倒れたまま、桔梗さまは、私を見あげている。その間にも、私の体は宙へと浮いた。ばさり、私は夜空へ飛ぶ。瞬間、私を追いかけて、なにかが舞った。黒い、不吉なものだ。それを誰かの刀が一閃《いっせん》する。悲鳴をあげて、黒いモノたちは消滅した。誰かは言う。

「これは誰より尊き娘！　貴様らのような下賤《げせん》を触れさせるものか！　散れ、散れぇ！」

えっ？　と私は思った。
いったいなにが起きたというのか。
そこに改めて声がした。
「危ないところだった」
私を抱えた、お方はおっしゃる。
顔を布で隠された烏天狗さまが。

拾

「ここで、いいだろう」

朝が来る前に、烏天狗さまは私を——巨大な五芒星の端——酒呑さまの屋敷の近くに降ろした。なにが起こったのかわからず、私は固まったままでいる。夏の夜空を飛ぶ間もずっと長く言葉を失っていた。そんな私へむけて、烏天狗さまはぽつりぽつりとささやいた。

「声が、聞こえただろう……祓ったが……あれはな。よくないもの、なのだ」

「……よくないもの、です、か？」

こくりと、烏天狗さまはうなずいた。彼は山伏姿だ。さらに顔を布で隠している。けれども均整のとれたお姿から美しい方だとわかった。布を揺らして、烏天狗さまは続ける。

「妖怪は死したあと、怨念の残滓《ざんし》を置いていった。それは『守り石』も反応しないほどに小さな力しかもたない。けれども、人の憎悪を糧《かて》とできれば、爆発的に妖力を増す。それに、あなたは囚《とら》われかけたのだ。優しい、あなたが。けれども、それも無理がないことだと私は思う。外で、話を、聞いていた……母御《ははご》の骨は、ざんねんだ。とてもざんねんだ」

ぐっと私は唇を噛みしめた。突然のできごとでぼやけていた現実が、一気に戻ってくる。

母さまの骨を捨てられてしまった。もう二度と私の手には戻ってこない。

ほろほろと、私は涙を流した。

愛する母さま。優しく、悲しく、哀れな、母さま。

六月の紫陽花のような、私の母さま。

私の泣くさまを見て烏天狗さまは慌てた。重そうな布を揺らして、彼は私に声をかける。

「怖かった、だろう？　すまない……すまない。助けに入るのが遅くて、すまなかった」

「いいえ、違うのです……怖くて、泣いているわけでは、ないのです」

「それでも、私が遅れたのは、事実だ……あなたの……酒呑への告白の強さに打たれ……うまく動けなかったのだ……情けない、烏だ……修行が、必要だ……それ、じゃあ」

「お待ちください。せめて、お礼を」

打ちひしがれていてはいけない。助けていただいたのだ。ちゃんと心からの感謝を申しあげなくては。そう、私は涙をぬぐい、姿勢を正した。烏天狗さまへ深々と頭をさげる。

「……助けてくださり、ありがとうございました」

「礼は、いらない」

短く、烏天狗さまは応えた。ばさ、ばさり、彼は黒く艶やかな羽を広げる。

その音を聞いた瞬間、私の記憶にひっかかるものがあった。思わず、私は問いかける。

「……もしや、この屋敷の前から、私を追っていらっしゃいましたか？」

「あっ」

ぴたりと、彼は動きを止めた。どうやら、図星だったらしい。タクシーに乗る前に耳へと届いた立派な羽音は、やはり、この烏天狗さまのものだったのだ。私は首をかしげる。

「なぜ、こちらに？　酒呑さま……酒呑童子さまや四大のアヤカシさまにご用でも？」

「ちがう」

「それなら、どうして」

「……ただ、ひと目、あなたに会いたかった。だから長く、ずっと、この、近くにいた」

恥ずかしそうに声は消えいった。

私はまばたきをくりかえす。一瞬、深い悲しみが遠のいた。なぜ、私になど会いたいと思われたのだろう。なぜ助けてくださったのだろう。わからない。私は疑問に包まれる。

顔を隠す布を、烏天狗さまは押さえた。しどろもどろに、彼は問う。

「その、そんなに、私の嫁になるのは、いやだったか？」

「えっ？」

「嫁入りの話を……断った、だろう？」

「ええっ、まさか、あなたさまは⁉」

私は声をあげた。

急速に、私はある事実を思い出す。

烏天狗に私は嫁入りをする予定だった。だが、この世に烏天狗は多くいる。まさか、このお方こそが他でもない、私の嫁入りを望まれた烏天狗さまとは思わなかった。無理に断るなど失礼をしてしまった。今、謝らなくてはならない。慌てて、私は応える。

「いやではありませんでした！　本当です！」

「そ、そうか、なら」

「嫁いだ先で、早くに死ぬのも本望でした」

「待て……なぜ、……死ぬ？」

「えっ？」

「えっ？」

私たちの声が重なる。夏の重い風が吹く。もうすぐ夜明けが近い。

明るくなりはじめた闇の中で、烏天狗さまはぽんっと手を打った。

「もしや……烏天狗は、嫁を共有するから」

「あの、そう、聞いていまして……違いましたか？」

「違わない。だからこそ、仲間の嫁はすぐに死ぬ。それがいやで、私は群れを抜けた。そうして莉子との新居を整えて、いた……いや、これは忘れてくれ。あまりに、女々しい」

「群れを、抜けた？　新、居？」

思わぬ言葉に私はぼうぜんとする。なんなのだろう、これは。嫁入りをした先で、私はボロボロに壊されるのではなかったのか。残酷な運命が待っているのではなかったのか。

まさかたいせつにしてくださるつもりだったなんて。あまりにも予想外だ。私の反応は追いつかない。それなのに、烏天狗さまは穏やかに続けた。

「でも、おまえが、幸せならばそれでいい。よいのだ。新聞は、見た……幸せにな、莉子」

「あ、あの、烏天狗さま、どうして」

「こうして、ひと目、会うこともできた。酒呑に頭を下げずとも、済んだ。よかった」

「あれ、酒呑さまとお知りあい？　あ、あと、その、あの、」

「なんだ？」

意味がわからない。まったくわけがわからない。状況も、関係性も不明だ。落ち着かなくてはならない。だから、私は必死に呼吸を整えた。そうして一番の疑問を問いかける。

「なぜ、私のことなんかをそんなにたいせつに想ってくださったのですか？」

「覚えていないのか⁉」

烏天狗さまは声をあげられた。

耳がキィンとする。

そう言えば、烏天狗さまは——嫁にと求められた際——私のことを見知っていると述べていた旨を聞いている。しかし、申しわけないことに、私のほうには記憶になかった。

私は首を大きく横に振る。布の下で、烏天狗さまは口を動かしたようだ。

だが、やがて、かちりと、彼は歯をあわせた。烏天狗さまは言葉を濁す。

「いや……言うのはやめておこう。これは夫である、酒呑が告げるべきことだ」

「酒呑、さまが？」

「ひとつ教えておこう。莉子、記憶にない、ということは、あなたは、あの鬼の愛を疑っているのかもしれない。けれども、それは間違いだ。悔しい……とても悔しく、私にとっては、悲しいこと、だが、あなたが愛しているように、あの鬼もあなたを愛している」

「えっ？」

その助言に私は目を見開いた。私は一時の花嫁だ。限定的な寵愛《ちょうあい》を受ける身だ。いつか、私は喰い殺される。そして強欲の罰で地獄に堕ち、幸福な記憶を胸に針山を歩くのだ。

そう、思っていたのに。

「忘れないで、くれ。すべては、あなたが……あなたの優しさが、勝ち得たものだ」

ばさり、烏天狗さまは羽を動かす。

「お待ちください、どういうことです！」

止める声は聞きいれられはしなかった。朝焼けの空に、彼の姿は消えていった。

＊＊＊

秘密の外出は、伝さまにはバレなかったかと言われればバレた。

果穂姉さまや、他の花嫁さまたちにも全員バレた。

理由は、私の顔が赤く腫《は》れていたからだ。

出かけたことを、私は問われた。けれども、どこに行ったのか、誰にやられたのかについては口をつぐんだ。一度でも言葉にすれば、際限なく、怨みや憎悪が飛びでてしまいそうだった。母さまの骨がと、私は叫びたかった。

捨てられてしまったのだと、泣きわめき、すがって、頭を撫でてもらいたかった。それでもなお、この怒りはおさまりはしないだろう。

それこそ、私は桔梗さまを殺したいほどだった。

鬼の、花嫁として。

もう、実家の幸せを望むことは無理だった。私のいないところで、どうか幸福にとはとても言えない。それほどまでに、私は完成された人間ではまったくなかった。聖人君子ではない。憎い。辛い。苦しい。許すことなど、絶対にできない。それでも……それでも。

喰い殺され、八つ裂きにされた姿を見たいわけでもなかった。

嘘のようで、それが私の本音だった。そうして、確かな思いはもうひとつ。

酒呑さまに、桔梗さまはかかわらせない。旦那さまの一瞥《いちべつ》ひとつ彼女にはあげない。

私はそう決めた。だから、応えた。

「勝手に抜けだした罰ならば受けます。酒呑さまにはお伝えいただいてもかまいません」

伝さまは、悲しそうな顔をされた。そうして、私の頬を冷やしながらささやいた。

「もう、おひいさまがこのように傷つかれることがないのなら伝は胸にしまいましょう」

果穂姉さまは鼻を鳴らした。私の瞳をじっと見つめて、彼女はほほ笑んだ。

「いい顔になったわ。莉子……アンタも鬼ね。それでいいのよ。黙っておくわ」

他の花嫁さまも皆、口を閉じてくれた。

それどころか美柳さまは貼《は》り薬を、神薙さまは飲み薬を、蜻蛉は傷を隠すのにいいという白粉をくださった。おかげさまで最終的には傷跡はほとんど見えないくらいになった。

なにごともなく三日がすぎた。その間に、私は涙をおさめた。

あのお方を、笑って迎えるために。

＊＊＊

今、桜の下に、私は静かに立つ。

小鬼さまたちが、高く謡われた。

やれ、道を開けよ。

お帰りだ、お帰りだ。

我らが誇りの、酒呑童子さまのお帰りだよ。

竹林がざわめき、開く。

そこから、美しい姿が現れる。

ああ、心の底から会いたかった。

その姿を見たかった。

おかえりなさいませ。

そう私は声をかけようとして――ひゅっと息を呑んだ。彼は隣にあるお方を連れていた。うっとりとほほ笑み、彼に身を寄せる、その姿。美しくも歪んだ顔を私は知っている。

桔梗さま。

彼女が、酒呑さまとともに現れたのだ。

拾壱

「ただいま、帰ったぞ、莉子。おまえに会いたかった」

「酒呑さま、今は私のことを案内してくださいませ?」

にこにこと、桔梗さまはほほ笑んだ。強く、彼女は酒呑さまの腕を引く。

そうして、肩へと頰ずりをした。

そのさまはさながら夫婦のよう。

私は全身の血が音を立てて下がるのを覚えた。おそろしい予感が身を貫《つらぬ》く。この美しい女性になにもかもを奪われてしまう。とられてしまう。その未来を想像して私は凍《こお》りついた。

たったひとつの、たいせつなものすら、

許されは、しないなんて。

目の前が暗くなった。急速に地面が近づく。けれども、いつまで待っても激突の痛みはやってこなかった。私は力強い腕に抱えあげられていた。誰がと思い、私は気がつく。

酒呑さまが倒れかけた私を、支えてくれたのだ。

桔梗さまの腕を振り払って。心配そうに彼はたずねる。

「大丈夫か、俺の花嫁」

「……しゅてんさ、ま」

「おまえの姉と聞いたうえに、確かに嫁入り時に嗅いだ家の匂いがしたのでな。無下にはできなかったのだが……花嫁に帰還を告げる前に、他の女といるなど気が利かなんだな……どうか、許せ」

そう、酒呑さまは私の頭を撫でた。大きな手のひらは冷たい。けれども触れあった箇所は温かかった。いつもの慣れ親しんだ、酒呑さまの温度だ。涼やかな彼の匂いもする。

私は泣きたくなった。酒呑さま酒呑さまとみっともなく甘えたくなる。

しかし、それはできはしなかった。ねっとりとした声が告げる。

「酒呑さま、間違えておられますよ？」

「……なに？」

「あなたさまが花嫁にと求められた娘は私のほう……他でもない、この春日部桔梗なのです。そやつは、私の義理の妹……私のことをあざむき、あなたさまに嫁いだ、嘘つきです」

歪んだ笑みとともに桔梗さまはささやく。それは偽りだ。けれども一部は本当だった。

私は偽の花嫁で。

『いらない子』で。

すべては、嘘だ。

「……春日部、桔梗？」

「はい、私の旦那さま」

うっとりと、桔梗さまはほほ笑む。熱い抱擁《ほうよう》を待つように、彼女は両腕を広げた。そのさまはとても美しい。桔梗さまになにもかもを奪われてきた経験が、今回も同じ結果になるとどうしても告げてくる。それでも、私は首を横に振って、ぎゅっと酒呑さまにすがった。私は思う。お願いです。どうか、どうか。そうして、酒呑さまは口にした。

「桔梗などというものは知らぬが？」

＊＊＊

「えっ？」

「えっ？」

私と桔梗さまの、声がかさなった。だが、確かに言われた覚えがある。

『俺が欲しかったのは、端からおまえだ』と。

あの言葉の意味は、もしかして本当に――。

その前で、桔梗さまは着物の袂《たもと》から手紙をとりだした。しわくちゃになった紙を、彼女は慌てた様子で大きく広げる。そうして必死になって、桔梗さまは訴えた。

「で、でもこの手紙には『春日部家の美しき娘を、酒呑童子の嫁に』と！」

「娘はひとりだと思っていた」

「……は、あっ？」

「つまり、たまらず攫《さら》ってしまわないよう、莉子のことは距離を空けて遠くから歳のころまで待っていたが……『桔梗』という娘のことなどまったく記憶してはいなかったのだ」

困ったようにけれどもキッパリと酒呑さまは断言した。あまりにも無慈悲で簡素な言いきりだった。困ったように彼は頬を掻く。そうして空気を読んだものか、言葉を濁した。

「もしや、なにかを勘違いさせたのならば……鬼とはいえ、すまぬことをしたものだ」

「そんな、うそ」

糸が切れたかのように、桔梗さまは座りこんだ。がくりと、彼女はうなだれる。

その目には生気がない。ブツブツと、桔梗さまはつぶやいた。

「なに……なんなの……私、じゃない？　そんな、の」

「……桔梗さま、あの」

思わず私は心配になってしまう。それほどまでに、桔梗さまは衝撃を受けている様子だった。けれども私が声をかけたとたん、彼女は顔を跳ねあげた。ふたたび袂に手を入れて、桔梗さまはナニカをまく。ひらひらと、それは桜の花びらに混ざって舞った。

「そ、それでは、こちらをごらんください！　不貞のあかしでございます！」

「私は不貞など……あっ」

そこには烏天狗さまに抱きあげられた、私が写っていた。

どうやら、私たちが逃げだすところをいくつも撮ったらしい。あのわずかのあいだに密告に使えると考えて動いたのだろう。おそろしい執念だった。思わず、私はゾッと寒気を覚える。そうして、桔梗さまは酒呑さまへと訴えかけた。

「このような、他のアヤカシの腕に抱かれる女なぞ、そばにおくべきではございません！　そのような雌豚は追い払われて、何卒《なにとぞ》、ご自身にふさわしい、清く正しい花嫁を……」

私は慌てた。だが、酒呑さまは飄々《ひょうひょう》と言った。

「なんだ、烏天狗の黒斗《くろと》ではないか？　やつは息災か。よいな」

「……えっ？」

私は目をまたたかせる。やはり烏天狗さま――あらため、黒斗さまと酒呑さまは知りあいだったのか。うんうんと、酒呑さまは鷹揚《おうよう》にうなずいた。そうして、写真をつまむ。ビッと、彼はそれを次々と破いた。酒呑さまは写真を細かく裂いていく。そして、それを桔梗さまのうえにバッと振りまいた。立ち尽くした桔梗さまのうえに、写真の欠片《かけら》が落ちていく。ハッと、酒呑さまは鼻で嗤った。

「おおかた、黒斗がひと目、莉子に会いたいと望んだ結果であろう？　なぜ、空を飛ぶこととなったのかはわからぬが、莉子はここにいる。俺の腕の中にいる。なんと愛らしい。ならば、なんの問題もない」

「し、しかし、莉子は……その娘は……」

「くだらん。莉子は俺を愛している。目移りする娘ではない……そうでなくとも、もしもなんらかの理由で他の男に会っただけで、なんの問題がある？　なによりも、俺が莉子を愛し、そばにおきたいだけなのだ。莉子は俺のものだ。それだけが確かならば、俺は他にはなにも望まぬ。アヤカシながら極楽にいる心地。強欲で、地獄に堕ちても悔《く》いはない」

そう、酒呑さまは笑う。私は声を詰まらせた。このお方は、いつもいつも、もったいない言葉をくださる。『いらない子』を必要だと、そうして、愛していると笑ってくださる。

「……そして、貴様」

私がぼうぜんとしているときだ。ぶわりと、酒呑さまの妖力がふくれあがった。思わず、私は息を呑む。それは、抱えられている私も寒気を覚えるほどの強さと危うさを孕《はら》んでいた。ひっと、桔梗さまは喉を鳴らす。彼女に向けて、酒呑さまは一歩を踏みだした。

「俺の花嫁をよもや雌豚と罵ったか？」

怒りとともに酒呑さまは桔梗さまに近づく。本当に、彼はやる。私はそう知っていた。

酒呑さまは敵には容赦がない。

「見るだけでもわかる。貴様は羅刹《らせつ》よ。外見は整っているが、人間のもつ、やわらかな、愛すべき部分がなにもない。その醜く歪んだ心根は、生きるにすら値せぬ。無様を刻み続けるよりも、ここで息の根を止めてやるのが慈悲と言えよう。ゆえに、殺す——内臓を抜き、生きたまま喰い殺す。だが、血すら飲まずに吐き捨てよう」

酒呑さまは牙を光らせた。音を立てて、爪が伸びる。その目が確かな殺意を帯びた。

ぱくぱくと、桔梗さまは死にかけの金魚のように口を動かす。彼女に、彼は告げた。

「それが、鬼の花嫁を害したものの末路と知れ」

桔梗さまの目に、確かな恐怖が浮かぶ。ひぃいっと、彼女は短く叫んだ。

このままでは、酒呑さまは桔梗さまを殺してしまう。それはダメだ。いやだ。だから、私は彼の顔をつかんだ。これが、正しい止め方なのかはわからない。不遜だとも、思う。

それでも、彼が私に愛を謳ってくださっているのなら。

「……どうした、莉子。邪魔をするでない」

そう叱る、彼の唇へと。私は自分から口づけた。

＊＊＊

ただ、重ねるだけの口づけが、長く長く、本当に長く続いた。

そっと、私は酒呑さまから顔を離す。

両の頬が熱かった。顔が真っ赤になっている自信がある。けれども驚いたことに、酒呑さまのほうはもっと赤かった。茹《ゆ》で蛸《だこ》のようになりながら、彼は目を左右に泳がせる。

「あー、俺が……この俺が……口づけ、ひとつで、すまぬ……このように、赤くなるなど」

「酒呑さま、とてもおかわいらしいです」

「ばかもの。かわいいのはおまえよ……まったく、こんなことで俺の怒りを鎮められるものなど、おまえくらいのものだぞ、莉子よ……さて、」

そうささやき、酒呑さまは視線を横へ向けた。

私はハッとする。桔梗さまは姿を消していた。おそらく、逃げたのだろう。酒呑さまは目を閉じた。少し額を押さえて、なにかを探る。そうしてつぶやいた。

「『迷いの竹林』で止められているな……小鬼たちの姿を見ては、醜い化け物と騒いでいる。まったく、不快だ。どうしようもない愚物よ。改めて、捕まえてもよいが」

「いいのですっ！　道を開いて、逃してさしあげてください」

「しかし……」

「お願いです！　酒呑さまは、私以外の女性をこの場に留《とど》めるのですか？」

私はかつての私ならば口にしなかった言葉をつむいだ。確かに、このお方は私を愛されている。その想いの形から、目を離しはしない。ならばと、私は訴える。

「それは私は……この莉子は、いやです」

「わかった……かわいいおまえの初めてのワガママだ。ねだってくれて、俺は嬉しいぞ」

酒呑さまは指を鳴らした。遠くで竹林の蠢く音がひびく。目を閉じて、酒呑さまは桔梗さまの行方を確かめた。やがてうなずく。桔梗さまは帰ったらしい。酒呑さまは続けた。

「黒斗とのことは、細かくは聞かぬ……やつは友人だしな」

「えっと、その、ただおしゃべりをさせていただきました」

「で、あろうな」

「ですがあの、黒斗、さまとのあいだでも話題になったのですが……わからないことが」

「なにか？」

私は息を吸って吐く。そうして、たずねた。

私のことを選んでくれた理由を。

「なぜ、私を嫁にしようと？」

カキンッと、酒呑さまの顔が固まる。数瞬後、彼は大声をだした。

「もしや覚えていないのか⁉」

耳がキィンッと鳴る。酒呑さまは黒斗さまと同じ反応をした。けれども残念ながら記憶にない。いったいなんだろう。私はなにを忘れてしまっているのか。一瞬、水の逆巻《さかま》く音が耳元で聞こえたような気がした。私は額を押さえる。けれども今は自分の不調にかまっている暇はなかった。酒呑さまはさみしそうな顔をしている。それでも首を横に振った。

「いや……おまえが忘れているのならばあえて語るまい。おまえは『あのとき』と変わらず優しい娘だ。俺にも誰に対しても心の温かい嫁に育ってくれた。俺にはそれで十分よ」

「……酒呑さま」

「教えはしないぞ、莉子よ。思いだしたら、この酒呑に教えてくれ」

やわらかく、酒呑さまはほほ笑む。はらはらとはらはらと、桜が降る。


気がつけばこの場所には二人だけで。

ようやく、私たちはいつもどおりで。


そうして、私はようやくその言葉を告げた。


「お帰りなさいませ、酒呑さま」

「ああ、ただいま、俺の莉子よ」


もう一度、私たちは唇を重ねる。

白色が、その周りへ散り落ちた。

拾弐

六月は雨。

やまない滴に、すべてが静かに濡れる季節。
それは、私の好きで、嫌いな季節でもある。

紫陽花の季節。熱の病のおさまらない季節。
愛する、母さまの、死んでしまわれた季節。

そうして、愛しいお方と会うことのできた季節。
もうすぐ終わる、たいせつな、大事な、記憶の季節。

雨の混ざった宵闇の中、テケテケツンっと、不思議な鼓の音がはじまりを告げる。
子供が、大人が首を長くして待つ中、今日も行列はその姿を見せた。

ぺんっと、異形の足が、濡れた路面を叩く。

鬼灯型の提灯に照らされた道を、複数のアヤカシたちが進んだ。

奇怪な影が躍る。雨粒のあいだを縫って、見事な赤黒の出目金が泳いだ。河童が水かきで、ぺたぺたと不規則に音を鳴らす。優美な老猫は熟練の手つきで古い三味線を奏でる。着物の袖を揺らして、狐たちは唐傘を回しながら謡った。


そこ退けそこ退け。

やい、道を開けよ。

五大のアヤカシさまと、その花嫁のまかり通る。


今宵は六月の【お披露目】。

【お披露目行列】で御座い。

テケテケ、ツン、
テケ、ツンツン。

【お披露目行列】、その最後。

【魅せ合い】の日で御座い！

＊＊＊

六月の、最終日。

【魅せ合い】の夜。

アヤカシの行列に、私たちは加わらなかった。

今宵は、特別。【魅せ合い】の夜だ。花嫁たちは【お披露目行列】には入らない。代わりに一般の人々にはアヤカシの通ったあと、踊りながら列に加わることが許されている。

テケテケツン。

テケツンツン。

不思議な鼓の音にあわせて人々は舞う。そうして祭りの実行委員会が設定したルートをたどって、この社へと集まってくるのだ。しかし、本殿前の広場に入れる人数には限界がある。【魅せ合い】を直《じか》に見られるのは抽選で決められたものだけだ。そのため、政府に選ばれた報道機関により、全国中継もされるとの話だった。それだけ、この【魅せ合い】は、国にとっても重要な催しなのだ。だが、それを耳にしてもただ、私は落ち着いていた。

また、ひとつ、今までとちがうところがある。

私のそばに酒呑さまはいない。ただひとり、私は【魅せ合い】の始まりを待っていた。あの方がいないところはひどく寒くて、さみしい。それでもちゃんと私は立っていた。

あれから、いったいなにがあったのか。

私の前に、今まですごした時間がよみがえる。

桔梗さまの訪れ以来、酒呑さまはなにかを深く悩まれるようになった。毎日、毎日、彼は考え続けているようで、それこそ、眠ることもできていないようだった。なにかに苦しんでおられるかのように、彼は額を押さえて思案した。

そしてついには、私にその言葉を告げたのだ。

「嫁の話は、なかったことにしてくれないか」

瞬間、死んだと、私は思った。心臓を握られ、潰された心地がした。なぜ、どうして。

そう、ほろほろと私は涙をこぼした。だが、酒呑さまを困らせてはいけない。

そう考えても涙は勝手にあふれでた。それを指で優しくすくって、酒呑さまは続けた。

「先日訪れた、おまえの義姉……アレは羅刹であった。鬼の俺ですら、人がかように醜くなるとは思わなんだ。俺はおまえを守りたい。世界のあらゆる苦難から、おまえだけはどこまでも遠くにあってほしい。だが、このままでは俺のせいで、おまえを害することになるかもしれぬ……過去の【魅せ合い】のこともある……俺の唯一たいせつなおまえを、唯一であるがゆえに、これから害そうとするものを、何人も思いつく……おまえを傷つけるわけにはいかない」

わかっておくれと、酒呑さまは続ける。その指の動きはあまりに優しく、やわらかで、鋭い爪で絶対に私を傷つけることがないようにしていて――――そして、私は理解した。

いや、もう、本当はわかっていたのだ。

わかっていたのに、信じようとしなかった。

わかっていたのに、確かめようともしなかった。

そう、己の愚かさに唇を嚙む私の前で、酒呑さまは続けた。

「なにより俺は自分が怖いのだ」

「酒呑さまご自身が、ですか？」

「そう、おまえを守りたいと思うほど、俺は、俺自身がおまえを害するのではないかと不安になる。おまえは優しい娘だ、莉子。野の花のように、空をいく風のように、優しい。だが、多くのものに愛されて、多くのものにたいせつにされなければいけない、優しさだ。だが、俺は鬼よ。俺はおまえがたいせつなあまり、閉じこめて、誰にも見せずに抱き続け、犯し殺すかもしれない……俺にはそういう、人間には許すべきでない部分がある。だから、莉子……【魅せ合い】の前に、離れてくれ。今までは、決意ができなかった……そう考えれば、あの義姉には、感謝しなければいけない面もある。鬼の俺に、鬼の醜さを教えてくれた」

そうして、酒呑さまはほほ笑まれた。

それは美しい、そして底抜けに悲しい、人外の笑みだった。

「行ってくれ、莉子。わずかでも、おまえをそばにおけて夢のようだった」

ああ、本当に。

本当に幸せだったなぁ。

そう、幼子のように言う鬼に、私は。

「時間をください」

はじめて、自分の意志を告げた。

はっきりとなにも迷うことなく。

酒呑さまは目を見開いて、私を見た。その前で床に手をつき、頭をさげて私は言った。

「どうか、時間をくださいませ。【魅せ合い】に嫁が不在となれば、大きな問題となりましょう。だから、私は【魅せ合い】にはでます……そのあとに、酒呑さまが私を喰いたければ、喰らってください」

「莉子、それは」

「おそらく、私はあなたさまに喰われるようなことをします」

そう、私は口にした。鬼に喰い殺される。その覚悟を胸に、私ははっきりと訴える。

「【魅せ合い】で、私は愛を謳います。お赦《ゆる》しください」

酒呑さまはとまどっておられた。けれども、私の決意に対し、最後にはうなずいてくれた。かくして、私の【魅せ合い】への参加と、その後の結末は決まったのだ。

それから、伝さまの手伝いをしつつ、私はいろいろと調べるべきことを調べた。

筆と紙を持って詰め寄る私に、伝さまはたじたじになり、『これは本当は口止めされているのですが』と迷いながらも、いろいろな話をしてくれた。また、【魅せ合い】の日が迫るにつれて、花嫁さまたちとは演目についての話をたくさんした。

果穂姉さまは私に『練習で指が痛いのよね』とささやいた。美柳さまは『見て見て莉子ちゃんー』と、棒をくるくると回した。神薙さまは、『ふっ、妾に隙はないぞ』と発声練習をくりかえした。蜻蛉は、なんどもなんども『えーっとここの台詞《せりふ》は』とつぶやいた。

誰もが自分の特技を披露しつつ、私の【魅せ合い】について心配をしてくれた。

『声がきれいだから』と、皆さまは言った。『まずは朗読はどうか』と。なにかの物語を伝えるのがいいのではないかと。特に、果穂姉さまは続けた。

『莉子は黒髪と蒼い目が幻想的だし、声が美しいから映える気がするのよね』と。

それに、私はありがとうございますとうなずいた。だが、やるべきことは決めてあった。

許可をもらって、私は準備のために猛烈に外まで駆けずりまわった。あんなに自分の意志のもとに動いたのははじめてだった。めちゃくちゃにがんばり、日々、倒れるようにして眠ったのも新鮮な経験だった。伝さまは、そんな私に、そっと布団をかけてくれた。

そして、今、私はここにいる。

出番を待つ私の前で足を止めて、果穂姉さまはささやいた。

「ずいぶんとさまになってきたわね、莉子。どう？　嫁としての自信はついて？」

「果穂姉さま……いえ、ぜんぜん。でも思うのです。私にはこの【魅せ合い】でやるべきことがあると。そのためにここにいるのだと。酒吞さまの花嫁として胸を張るべきだと」

そう、私は言いきる。もう、私は花嫁とは言えない身なのだろう。けれども、私にも自信と誇りがあった。酒吞さまは、私を美しいと言ってくれた。優しいと、愛らしいと謳ってくれた。私は、その言葉を信じる。いらない私を信じることが、私の愛だ。

そうして、果穂姉さまのように、他の花嫁さまたちのように、胸を張りたかった。

なにかを察したのか、果穂姉さまはほほ笑む。

「いいわ。それが、それこそが、五大のアヤカシに嫁ぐということよ」

「姉さま……」

「自分に誇りをもちなさい、私の妹……あなたはなにより、人として美しいわ」

じわり、目に涙があふれた。

ああ、果穂姉さまと出会えたこともまた、私には過分な幸福だった。この身に与えられた尊き幸いだった。そう、私は泣く。私の涙を美しい指で拭《ふ》いて、果穂姉さまは笑った。

「でも、泣き虫なのも直さなきゃね」

「は、はい」

「ふん、いい歳をして泣いておるな、莉子よ。最近、酒吞とは、なにやらあまり会っておらぬようだが、心配などはしておらぬからな！　でも、なにがあったか、語りたければ、いつでも聞くゆえ、語ってもよいぞ！」

「神薙さま、花飾りを落とされていますよ」

「なぬ？　むっ、届かぬ」

「はい、どうぞ」

蜻蛉の白い手が少し遠くに転がった淡い桃色の花を拾った。彼女はそれを神薙さまの髪に飾る。きゃっきゃと、二人ははしゃいだ。次いで私を見て蜻蛉はほほ笑みを浮かべた。

「きれいですよ、莉子さま。元から美しくはありましたが……芯《しん》からとてもきれいになられた。酒吞童子さまも……口にされないだけで莉子さまの変化をお喜びのことでしょう」

「恐縮です。その、蜻蛉？」

「はい」

「私のことも莉子、とだけ……友だち、として」

「はい！」

私の申しでに、蜻蛉はうなずいた。花のように、彼女は顔を輝かせる。

蜻蛉の表情こそ美しいと私は思った。にこにこと私たちは笑いあう。そのときだった。

「うあああああんっ、【魅せ合い】めんどくさいよぉ」

「み、……美柳さま」

どーんと、私に、細い人がぶつかった。猫のように、彼は体をぐにゃんぐにゃんにしている。べったりと私に抱きつきながら、美柳さまは甘くささやいた。

「ねぇ、莉子ちゃん？　僕といっしょに逃げちゃわない？」

「ごめんなさい、私は酒呑さま一筋ですので……」

「ちぇっ、莉子ちゃんはこれだもんなー……でも、そういうところ、嫌いじゃない」

最後は低く、美柳さまはささやいた。女のように美しい顔に、男の表情がのぞく。

けれども次の瞬間、彼は果穂姉さまにべりっと剝《は》がされた。子犬のごとく美柳さまはひっぱりあげられる。そのまま足こそ床に着いているものの、ぶらーんとブラさげられた。

「美柳！　まったく、アンタは【魅せ合い】の日までふざけないの！」

「えーっ、けっこう本気なんだけどなぁ」

「なお悪いわ！」

「妾もな、お主のその軽薄さはどうかと思うぞ」

「この蜻蛉もそう思います！」

「えーん、みんな冷たいよー」

おかしくて、にぎやかで、かわいらしくて。一連の騒動を前に私はくすくすと笑った。

驚いたように、皆さまはぴたっと動きを止めた。どうしたのかと、私は首をかしげる。

そうしたら、美柳さまがほほ笑んだ。まるで兄のような口調で、彼は指摘をする。

「莉子ちゃん、笑ってる」

「えっ？」

「あなた、前は幸せなときは泣くばかりだったのに」

「よいことじゃ」

「本当に」

「み……皆さま」

私は目元を押さえる。もう泣いたーっ！　と声があがった。涙を拭かれ、次々に、頭を撫でられる。私は泣いた。思いっきり、泣いて、笑った。皆さまは、優しくうなずく。

そうして、果穂姉さまが口を開いた。

「さあさあ、もうすぐ【魅せ合い】……今年も私が勝たせてもらうけれどもね」

「それはどうかなぁ？　僕が勝っても、怨まないでね？」

「妾もオロの嫁として、魅せてみせよう！」

「私も、両面宿儺さまが花嫁！　全力を尽くします！」

皆さまが、口々に力強くおっしゃる。

そのほほ笑みの、なんと美しいこと。

だから、胸を張って、私も宣言をした。

「はい！　私も愛を謳います！」

皆で、うなずきあう。外で鐘が鳴る。

群衆が拍手をする。高い声が告げる。

今宵は六月、最後の夜。

特別の格別の至高の夜。

さあ、さあ、さあ、さあ！

【魅せ合い】のはじまり也！

＊＊＊

【魅せ合い】とはなにか。

それは花嫁たちが、伴侶《はんりょ》とともに、『己が魅力』を観衆に披露する行事だ。

演目は自由。なにをしてもかまわない。ただ聴衆を魅せること。そのように決められている。投票は人の思念で送られ、直接五大のアヤカシが受けとる。不正は起こりえない。

そして、花嫁と伴侶の意向であれば、一位を目指さず、ただ好きなことをしてもよいとも言われていた。『楽しめ』とは【魅せ合い】を定められた、母たる女性の言葉である。

『これは祭りだ。ゆえに、楽しめ。観衆も、演者も、楽しまなくては意味がない』

明るく、彼女はそう語ったという。今回、私は事前に『やりたいこと』があると酒呑さまにお願いをしていた。詳細を聞くことはしないまま、酒呑さまはうなずいてくれた。

万事、おまえに任せると。

だから、私はこの場を利用させていただくつもりであった。

私の、愛のために。
弱い私との訣別《けつべつ》に。

今宵のあと、喰われるとしても。
最後まで、彼の私であるために。

＊＊＊

【魅せ合い】は名乗りの順番で行われる。
私と、順番が後ろの方々は、はじまりを背後から隠れて眺めた。

「ドキドキしますね、果穂姉さま」
「莉子はそうでしょうね。さぁ、時間よ」

最初の――蜻蛉の演目がはじまる。

社の前に組まれた舞台の白い幕があがった。そのあとには蜻蛉が立っている。隣には短い髪の両面宿儺さま。蜻蛉は薄緑色の布をまとっている。大道具の月が夜空へと昇った。

二人は芝居をはじめた。悲しい、恋の物語であった。

不幸な女性が人買いの家に囚われている。そこに、かつて婚姻の約束をしたアヤカシがやってくる。攻めいる無数の影を、彼は錫杖や斧のひと振りで倒す。あまりの武器の扱いの鮮やかさに、私は両手を握って見いってしまった。見事に、アヤカシは女性を助ける。

けれども時すでに遅く、女性は愛の言葉を残して息をひきとる。

「……私は、私だけは、なんど生まれ変わろうと、あなたをお慕いしております。また、ふたたび、あなたの花嫁になりとうございます」

アヤカシが応える前に、女性の体は崩れる。

簡単な妖術による、まやかしの死、なのだろう。

けれども、私には本当に蜻蛉が死んでしまったように思えた。

夜の中、篝火に羽を光らせ、カゲロウは飛ぶ。アヤカシはそのさまを、いつまでもいつまでも見送った。静かな横顔を隠すように、舞台の幕は閉じられる。

私はもう、めちゃくちゃにぐちゃぐちゃに泣いた。すばらしく切ないお話だった。果穂姉さまは私の涙を拭いて、鼻をかませてくれる。ふぅと息を吐いて、彼女はささやいた。

「あの二人は、毎回悲恋を演じるのよね……終わり方もいっしょ。いったい、二人にとってどういう意味があるのかしら？　それはわからないけれども、固定の観客がついていて、毎年楽しみにしている人も多いのよ」

「ぐずっ……そうなんでずが」

「あとで、無事な蜻蛉によかったと告げておあげなさい……ほら、次がはじまるわよ」

スルスルと、幕があがる。

そこには、女性とも男性ともつかないお方が、美柳さまが立っていた。

＊＊＊

美柳さまの後ろには、玉藻の前さま。二人は背中あわせにたたずんでいる。

ふわり、九つの尾が広げられた。そのさまは、まるで美柳さまに尾が生えたかのよう。

空中から、美柳さまは二本の棒を抜いた。くるくると、銀色が器用に手のうえで回される。トンっと、美柳さまは床の一点を叩いた。そこに花びら混じりの小さな渦が巻いた。

それの晴れたあとには朱塗りの器が残っている。なんどか、それをくりかえし、美柳さまは器を並べた。そうして、器に棒をひっかけると回しはじめた。くるくると、朱が躍る。ポーンと宙にそれは投げられた。次の器が持ちあげられる。

縦横無尽に、美柳さまは五つの器を乱舞させた。パッと、玉藻の前さまが扇子を開いた。瞬間、器はすべて金魚に変わった。その尾を絡め、腹を撫で、美柳さまは空中を泳がせ続ける。パッと、玉藻の前さまは扇子を閉じた。金魚はすべて大輪の花に変わる。美柳さまは、それらを空中に高々と投げた。

五つの花々が、空に舞いあがる。

玉藻の前さまが振り返る。彼女は美柳さまを抱きしめた。

二人をちょうど囲む形に、花は落ちる。

観客にわずかに視線を向け、二人はほほ笑んだ。

その表情の惹《ひ》きこまれるような妖しさ。

なんと美しく、色香にあふれた光景か。

その妙技と華やかさに、私は大興奮してしまった。思わず痛くなるほど手のひらを叩いてしまう。落ち着きなさいと果穂姉さまは私の背中に触れた。次いで深くため息をつく。

「あいかわらず、巧《たく》みね……いやだいやだと言っていたわりに、これなんだから……本当あきれるわ」

「果穂姉さま、すごい！　すごいです！」

「はいはい、あとで美柳に直接言っておあげなさい。きっと喜ぶわよ……次、ね」

私は舞台に視線を向ける。スルスルと白い幕があがる。

そこにはあどけない姿が。

神薙さまが、立っていた。

＊＊＊

神薙さまは、今日は顔を隠していない。巫女服の裾は切られ、動きやすくされていた。

そうして、神薙さまのはじめかたは、他の花嫁さまとはまったく違った。

笑顔で、彼女は声を張りあげる。

「さあ、皆、妾とひとときを楽しもうではないか！」

群衆の中から『神薙ちゃーんっ！』と声があがった。

えっ、えええ、と私は思わず驚く。

八岐大蛇さまの反応が心配だったが、今日は人の姿で目を閉じておられた。ふっと彼は横笛を取りだす。八岐大蛇さまは澄んだ音色を奏でた。すると巨大な水球が宙に浮かんだ。ぽんっと、神薙さまはそのうえに飛び乗る。水球は次々に発生した。踊るように神薙さまは次から次へと飛び移る。そうして水球の一部をちぎると観客へ投げた。

「皆も遊べ！　さあっ！」

崩れないふわふわの水球に対し、歓声があがる。神薙さまはさらにぶにぶにと跳ねた。八岐大蛇さまは曲調を変える。水球は馬に、巨大な猫に、蛇に進化した。そのすべてを神薙さまは乗りこなす。もちろん観客席の小型の水球も形を変えているので、すごい騒ぎが沸き起こった。それを背に神薙さまは踊る。水の動物と戯れ、舞い続ける。

けれども水球は突然崩れた。パシャアンッと、水が広がる。観客席も盛大に水浸しだ。神薙さまが落ちそうになったときだ。その体を本物の蛇の丸太より太い胴体がさらった。八岐大蛇さまだ。蛇の体は花嫁を隠す。笑って、笑って、神薙さまは言った。

「妾のオロが嫉《や》いたので、ここでしまいよ！　みんな、また来年会おうぞ！」

バイバイと手を振る彼女を、八岐大蛇さまが連れていく。盛大な拍手がそれを送った。

胸に手を押し当て、私はほーっと息を吐いた。いっしょに、まるで童子のごとく夢中になってしまうような、すごく楽しい舞台だった。額を押さえて、果穂姉さまはつぶやく。

「神薙はあんなだから一部の男性と子供の支持がすごいのよね……でも、床がびしょ濡れだから、私の番になるにはもう少しかかるでしょうね」

「とても楽しかったです！　そして……そうでした、次は果穂姉さまの番でした！」

「ええ、私よ」

「楽しみにしております！」

私は両手を握りしめた。そうして心の底から告げる。

果穂姉さまはほほ笑んだ。堂々と、彼女は続ける。

「ええ、楽しみになさいな、莉子。私は果穂、二年連続の優勝者よ」

そして、果穂姉さまは歩いていった。舞台にも沈黙が続く。やがて白い幕はあげられた。

そこには、果穂姉さまが立っている。

二回も勝たれた圧倒的自信とともに。

果穂姉さまは、大嶽丸さまと並んだ。

＊＊＊

彼女のほうだけ深い礼をする。そのさまは優雅だが顔には表情がなく、人形のようだ。

それでもなお、舞台の灯りに照らされた果穂姉さまは、圧倒的に美しい。しゃなりと、
飾り紐を揺らして、彼女はその場に座りこんだ。気がつけば、見事な琴が置かれている。

琴爪をはめ、果穂姉さまは楽器へ優雅に手を這わせた。

音が、鳴る。

瞬間、私は電流に打たれたような、衝撃を覚えた。

それだけ、果穂姉さまの出した音色は優雅だった。

すばやく流れるような動きで、彼女は弦をつま弾《び》く。

そうして、歌を謡いはじめた。声は波紋のように、群衆のうえを広がっていく。

愛の歌だった。

恋の謡だった。

魂の唄だった。

知らず、私は涙が頬を伝い落ちるのを覚えた。さらに演奏は複雑さを増し、声は厚みをもっていく。音にあわせて、大嶽丸さまが舞いはじめた。その手、ひとつひとつが力強く動くたび、宙に火が舞い、雷《いかずち》が走り、空が明滅する。術に長けられている大嶽丸さまの技だろう。そうして、ひとりの女性の奏でるすべてと、ひとつの鬼の動きは重なっていく。

私は思う。

繊細で、

勇壮で、

美しくも、

猛々《たけだけ》しい。

圧倒的とはまさにこのことだった。

やがて、演奏は終わる。深い、沈黙が降りた。

その中で、果穂姉さまは大嶽丸さまとふたたび並んだ。

無表情とは一転して、彼女はにこりと笑う。

魅せるための笑みの、なんと美しいことか。

わっと、万雷の歓声と拍手が沸き起こった。

しばらく、私はぼうっと我を失っていた。けれども気がつく。次は私の番だ。これだけ魅せられてしまったあとだ。勝てるとは思っていない。

そもそも、私は勝負よりもたいせつなことを決めていた。

私はただ、愛を謳うだけだ。

「……おひいさま、ご準備はよろしいですかな?」

伝さまにたずねられる。私はうなずく。緊張していないと言えば、嘘になる。怖くて、体が震えだしそうだ。それでも、やるべきことがある。私はせいいっぱい、胸を張った。

「酒呑童子が花嫁、莉子。【魅せ合い】にまいります」

＊＊＊

私は裏から舞台にあがる。そこには久しぶりに会う、酒呑さまが待っていた。美しい鬼の姿を、私は眺める。酒呑さまは私を見つめ返し、ほほ笑んだ。優しく、彼はささやく。

「いいのか、莉子？　俺から逃げるのならば、やはり、今のうちだ。それにこのような場は、俺の……いや、もう、俺のではない、のか……繊細なおまえは苦手のはずでは？」

「よいのです、酒呑さま。ただ、お伝えしたいことがある。そのためだけに、私はここに立っております」

酒呑さまには事前になにをやるのかはお伝えしていない。ただ、『魅せ合いには出たいだけで、勝てはしない』と、勝手なことをお話ししてあった。酒呑さまはうなずき、それでいいと続けた。俺の愛したおまえはそれでよいと。ああと、私は思う。

舞台の終わったあと。

どうなったとしても。

私はこのお方のことが好きだ。

永遠に、大好きだ。

「愛しております……酒呑さま」

「……その言葉を聞けただけで、俺は千年先も幸福でいられよう」

幕があがる。篝火の光が届く。たくさんの好奇の目が私を見つめる。でも、もう、かつて浴びせられた怖い声は聞こえない。袂へと私は手を入れる。そうして紙をとりだした。

すぅっと息を吸いこんで、私は手紙を読みはじめる。

朗読の練習自体は、果穂姉さまたちとともにしてあった。なるべく美しく声をひびかせて、私は伝えるべきことをつむぎ始める。

「まず、皆さまにお伝えしたいことがございます——私、酒呑童子さまの花嫁、春日部莉子は『魅せる』ことはできません」

ざわざわと、観衆はざわめく。人々の動揺が伝わってきた。懐疑の視線を強く感じる。

でも酒呑さまは笑っている。それならいい。それだけで、いい。だから、私は続けた。

「けれども、私は愛を謳い、私の弱さと、お伝えすべきことをお伝えしたいと思います」

私は息を吸いこみ、吐く。

そうして、真実を告げた。


「酒呑童子さまは、今までの花嫁さまを——人を喰ってなどおられません」


ざわり、群衆は反応した。そう、ほとんどのお方はそう信じていたのだ。私自身、少し前まで、それを心より真実と考えていた。だが、自ら調べることで答えにたどりついた。もしや、それを言うのかと、酒呑さまは目を丸くする。私はうなずいた。だって、このお方はとても優しいのだ。いつまでも、愛する鬼の物騒《ぶっそう》な噂を放置してはおけない。

「伝さま……長年のおつきの方に聞くだけでもわかることでした。酒呑さまは十年前に一人を嫁にすると定められて以来、なんどもなんども嫁替えをなさってこられた。けれども、人を喰ってなどはおられないのです。酒呑さまは毎回、京都陣に生まれながら、アヤカシを嫌悪なさっておられるお方を迎えられました。そして双方の納得のもと、特に関係性を結ばない、かりそめの婚姻生活をすごされ……期間が終わるたび、アヤカシと関係の薄い都市に彼女たちの希望で送り、新生活を迎えられるよう配慮されていたのです。舞台上で喰われかけた女性は、アヤカシの反対組織にそそのかされ、【魅せ合い】の途中で、彼を刺そうとした。それでも、彼は結局罰を与えず、彼女を殺すこともなく、逃がしました。嫁を、務めてもらったからと」

そう、酒呑さまが『以前の【魅せ合い】』のことがあると言ったときから、私はその可能性に気づいたのだ。その事実を、私は京都陣の外の反アヤカシ団体に押しかけてまで確かめている。一度など、恫喝《どうかつ》のうえ殺されかけたが、かまわなかった。該当の女性の血縁まで行き着き、私はばっちり、彼女が生きているという言質をとったのだ。

「今、彼女たちはアヤカシとは無縁の生活を歩まれている……だから酒呑さまの嫁は『消えた』。それが『喰った』と変わったのは喰われかけた嫁が積極的に噂を流したからです」

「……莉子」

「そして、私こそが十年前に嫁にされると、酒呑さまが決められていた娘です！」

私は言う。私はそれを直に酒呑さまからうかがっていた。十年、俺はおまえを待っていたと。おまえが覚えていなくともずっと焦《こ》がれて、だからこそ距離を空けていたのだと。

報道記者がカメラを鳴らす。突然の告白に、群衆は戸惑う。

そして、私は泣いていた。涙を流しながら私は声を嗄《か》らす。

「これらのすべてはすぐにわかることでした！　それなのに、私は自分の殻に、己の不幸に閉じこもって、【魅せ合い】のあとには喰われるものと決めつけておりました！　なんて、愚かな……バカな女でしょう。今こそ、私は自分のことを、いいえ、自分だけは喰われてもしかたのないものと思っております」

――俺が欲しかったのは端からおまえだ。

――愛しているよ、莉子。

――地獄に堕ちても悔いはない。

彼はあれだけの言葉をくださったのに。

私は本当に、あまりに愚かな女だった。

「……それが、私の懺悔《ざんげ》です。告白です」

私の手からひらりと手紙が落ちた。それは風に舞って消えていく。あきれられても幻滅されても憎まれてもしかたがない。残酷に喰われたところで悔いはない。ふさわしい罰だ。どんなに優しいお方でも、軽蔑《けいべつ》されて当然だった。そう考えながらも、私は口を開く。

「許されなくとも、もう、嫁にはしていただけなくとも、私はあなたを愛しております」

傲慢《ごうまん》に。

貪欲《どんよく》に。

すがる、ように。

焦がれながら。


「私は」

「莉子」


酒呑さまは私の前に立った。彼は腕を伸ばす。

そっと、私は目を閉じた。

これが愛しい方を裏切り続けた、当然の罰だ。果穂姉さまに、美柳さまに、神薙さまに、蜻蛉に、私は心の中で別れを告げる。けれども、痛みはいつまでたってもこなかった。

ただ、私はかき抱かれた。いつかの夜のごとく、嵐のように。

そうして私を抱きしめて、酒吞さまは言う。

「だれが、愛しいおまえを喰うものかよ」

「酒吞、さま」

「知らぬうちに、おまえは強くなっていたのだな……俺が、おまえを害するのではないかと心配したものたち相手にすら、気丈にふるまい、そして俺の語らぬでもよかろうと思っていた真実にたどりついてくれた、俺は……俺は、そんな、おまえを」

酒吞さまは震える。彼は一瞬、鋭い牙を見せた。

けれども、なんとか荒ぶる心を押さえて、酒吞さまは語る。

「そんな、おまえを愛したい。おまえが俺の思うよりも、ずっとずっと強い娘だったから、それならば俺のそばにいても潰れずにいてくれるのではないかと、そう、信じてしまうのだ。俺は、もう、俺は自分を止められぬ。愚かな鬼だ。ばかな鬼だ。それでも、莉子」

酒吞さまは顔をあげる。私は息を吞んだ。彼は、泣いていた。それは泣きかたを知らない鬼のただ涙をたらたらと流すだけのひどく不器用な表情だった。そして彼はささやく。

「もう一度、この酒吞の花嫁となってはくれぬか？」

「あなたさまが、望んでくださるのでしたら！」

「ならば……この鬼に添うてくれ、莉子よ。隣に、いてくれ。ただ、それだけでいい。神でも、仏でもなく、アヤカシの誰でもなく、俺はおまえにだけ誓おう」

私の顎に、酒呑さまは指を一本添える。そうして、私を上向かせた。

大粒の、涙がこぼれる。泣く私を見つめて、酒呑さまはささやいた。


「永遠よりも長く、おまえを愛している」


酒呑さまは、私に口づけかける。

唇を開き、私は応えようとする。


そのときだ。女の悲鳴に似た、高い轟音《ごうおん》がひびいた。地が揺れる。

遠くで、なにかが爆《は》ぜた。皆が一斉に爆発の方向を見た。

そこでは火とは違う、紅い血のような渦が沸き起こっていた。天を焼くように、地を焦がすように、空気を染めるようにそれは蠢いている。アヤカシは全員が異常事態を悟っただろう。特に、私をふくむ花嫁たちと五大のアヤカシさまたちは事態に顔を引きしめた。

他でもない、五大の座するこの京都陣の中で。妖怪の怨念による、大規模怪異が発生したのだと。そうして、私は、私だけは、別の意味でも蒼白《そうはく》になっていた。

あの悲鳴に似た音。
いや悲鳴そのもの。

その声は。

「…………まさか、桔梗さま？」
よく知る、女性のものであった。

拾参

「莉子、あの方角は……もしや」

「ええ、酒呑さま。私の実家のほうでございます」

私は告げる。なにが起こったのか、私は唇を噛みしめた。

そこへばさりと羽音がひびいた。ハッと、私は顔をあげる。驚く私の前に、黒い影が着地した。顔を布で隠された烏天狗……黒斗さまが、舞台に危うく舞い降りたのだ。ぽたりぽたりと紅い血が垂れた。彼は傷を負っている。なんども黒斗さまは咳《せき》をくりかえした。

慌てた様子で、酒呑さまは声をあげる。

「黒斗！」

「酒呑……か」

すばやく、酒呑さまは黒斗さまのそばにかがんだ。傷を確かめる。私も隣に並んだ。自分の袖を使って、私はその血を止める。眉根を寄せながら、酒呑さまは彼にたずねた。

「久しいな……まさか、このような再会になるとは思わなんだ。命に別状はあるまいな」

「ない……だが、桔梗……莉子の姉、が」

「桔梗さまが⁉」

思わず、私は声をあげる。やはりこの異常事態には彼女が関係しているのか。桔梗さまはどうなったのか。ご無事なのか。それとも……一方で酒呑さまは苦々しくつぶやいた。

「桔梗……あの女か」

「アレは、もう、ダメだ……祓ったはずが、残っていた、モノがいて……アレは、己の、心に……莉子を、近づけては、ならぬ……殺、され」

「黒斗さま！」

がくりと、黒斗さまの体からは力が抜けた。どうやら苦痛に気を失われたらしい。床のうえに、私は彼をそっと寝かせた。呼吸は乱れているが荒くはない。大丈夫だと信じたかった。私に向けて、酒呑さまはささやいた。

「莉子、そのまま黒斗を看《み》てやっていてくれ」

「ダメです。黒斗さまの治療に、私はなにもできませぬ。このままでは、この方のためにもならない……伝さまに代わっていただいて、酒呑さまにお供をします」

「黒斗が身をもって警告したであろう！　殺される気か！」

「それでも、私は行かなければならないのですっ！」

大声で、私は叫んだ。間違いなく生まれてはじめてだした声量だった。

目を丸くして、酒呑さまは頬を張られたような表情をした。はあっと私は息を吐く。その間も止血は続けた。私の剣幕に驚きながら、酒呑さまはつぶやいた。

「……莉子」

「ここで酒呑さまだけに行かせては私は弱い私のままです！　先ほど私は自分の弱い心を捨てた気でいました。でもあの桔梗さまの声を聴いた瞬間、違うと気づいたのです。このままでは桔梗さまの幻聴に怯え続けましょう！　あるいは後悔に溺れましょう！　そんなのはいやです！」

「しかし」

「よいではないか、連れていけ」

声がした。振り向けば大嶽丸さまが立っていた。あいかわらずその顔は見えない。けれども表情はわかった。大嶽丸さまの唇は見事な弧を描いている。彼は愉快そうに笑った。

「最初はいけ好かん辛気臭い《しんきくさ》女だと思っていたが、おまえ、さては果穂に似てきたな？」

「恐縮です！」

布を押さえたまま、私は頭をさげる。

私が少しでも強くなれたのならば、それは確かに果穂姉さまのおかげだ。

私たちの話す間にも、伝さまがやってきた。すばやく、私は彼と入れ代わる。伝さまは黒斗さまの治療を本格的にはじめられた。不意に、彼に薬瓶を渡す手があった。玉藻の前さまだ。気だるげに、彼女は九つの尾をぱしっぱしっと振る。そして、己の頰を撫でた。

「確かに、美柳の気にいる理由もわかるものねぇ。おもしろい子だわぁ……女にはね、死のうが譲れない戦いがあるものよ、酒呑。男にすぎないんだから、おまえのほうが譲りなさいな」

「……玉藻の前さま」

決意をあと押ししてくださる言葉に、私は頭をさげる。

ふんっと、玉藻の前さまは鼻を鳴らした。けれども、しゃなりと私に近づいた。その体からは、美柳さまと同じ匂いがする。私の耳元に顔を寄せ、彼女は甘くささやいた。

「戻ってきたら、私ともちょっとは遊んでねぇ」

「そ……それは。あの、私は酒呑さまの嫁なので」

「ふん、くだらん」

「両面宿儺さま」

私は振り向く。今、彼はすべての武器を装備していた。三本を器用に持って、臨戦態勢をとっている。見た目のとおりに緊張にあふれた声音で、両面宿儺さまは告げた。

「弱ければそいつが死ぬだけだ。行かせればよいだろう」

「ありがとうございます」

私は礼を言う。両面宿儺さまは応えられない。だが、微《かす》かに片眉《かたまゆ》をあげた。

しかし、まだ酒呑さまは黙っている。彼の表情には明らかな苦悩があった。

けれども、人の姿に戻られた八岐大蛇さまが、おだやかに最後を継いだ。

「……花嫁の心の傷を癒す機会だと言うのならば、見逃すべきではない……私も、それで長く、長く、深く悔いている……酒呑童子、おまえのことは好かないが、ここで止まらないほうがいい……私も、ただ神薙を攫い、救い、執拗《しつよう》に守るだけではいけなかったのだ」

なんだろう。神薙さまのことについて、八岐大蛇さまには後悔があるようだった。

酒呑さまは深く息を吐いた。そうして、紅色の血の竜巻のような怪異に向き直る。

「ならば露払いはまかせるが、よろしいか、各《おのおの》がた！」

「おうっ！」

「もちろん」

「ああ」

「ええ」

次々と、返事があがった。

酒呑さまは私の腰を抱く。その首に、私は強く腕を回した。

「五大のアヤカシと、酒呑の花嫁、莉子がまいる！」

問題ない。もう迷いも、間違いも晴れた。これから先、私たちはどこまでもいっしょだ。ならば、怖くはない。おそろしいことなど、なにもない。頼もしい宣言へと歓声があがった。口々に、人々は五大への応援を叫ぶ。

その中で、酒呑さまは続けた。

「いざ、妖怪の残せし怨念、大規模怪異退治よ！」

＊＊＊

酒呑さまに羽はない。だが、妖術を使い、私たちは飛んだ。

猛烈な速度で血の渦へと近づく。そばで見ると紅い塊はまるでひとつの生き物のようだった。それは液体に似たナニカを無数の腕のごとく伸ばし、周囲の建物を潰し続けている。そのさまからは、明確な破壊衝動を感じとることができた。

隣を飛ぶ玉藻の前さまが、狐の目を細める。顔の前に豪奢な扇子を広げ、彼女は艶やかに笑った。紅い唇が、鋭い言葉をつむぐ。

「ふんっ、防備が甘い」

パチンッと、玉藻の前さまは扇子を閉じた。そして、鋭く、迷いない指示を飛ばす。

「東側、大きく飛びでているわ。両面宿儺が切り裂き、各個撃破――西側も薄い。八岐大蛇が絞め、囲み、各個撃破――本体、大嶽丸が火の雨を降らせなさい――核となっている人間をどうにかしたいのならば、掻《か》い潜《くぐ》りながら、酒呑と莉子は飛びこむこと」

できるわね？　と彼女は問う。

できるでしょう？　と、嗤う。

火に当たれば大火傷《おおやけど》だ。苦しい死は免《まぬが》れないだろう。だが、私はみじんも怖くはなかった。酒呑さまが私を火に焼かせるはずはない。そう私は信じた。酒呑さまはうなずく。

先んじて、別の二人が動いた。

「行くぞ！」

「ああっ！」

両面宿儺さまと八岐大蛇さまが急降下する。

片手に、両面宿儺さまは斧を構えた。八岐大蛇さまは蛇神の姿に戻る。

「おっりゃあああああっ！」

「シャアああああああっ！」

二人の攻撃が炸裂《さくれつ》した。

両面宿儺さまが切り裂き、八岐大蛇さまが絞める。

派手に、左右の紅色が弾け飛んだ。苦悶《くもん》するように、本体の渦は蠢く。

その真上に、大嶽丸さまが飛んだ。大量の紅の流れを眼下にして、彼は低くささやく。

「受けよ、我が術」

大嶽丸さまは腕を振り上げ、降ろした。火の雨が降る。

ごうごうと音をたてながら、空気を焼き、紅を燃やす。

その間を、私たちは駆け抜けた。酒呑さまは落下速度をあげる。膨大な熱がそばを通りすぎた。髪の先が、チリリと焦げる。それでも、私はただ一心に前だけを見つめ続けた。

「酒呑さま！」

「おうとも！」

酒呑さまに抱きつき、紅色に突入する。

血の渦の中へと、私たちは飛びこみ、

どぷりと。
そ、して。

＊＊＊

ここは、
ここは、いったいどこだろう。
声が、
泣き声が聞こえる。
哀れに、
かわいそうに、
誰かが泣いている。
その中には『ナンデナクノ?』『コロシチャイナヨ』『ゼンブ、コワシチャイナヨ』そんな声が混ざっていた。私は察する。

これは、以前、私にとり憑《つ》こうとしたものたちのささやきだ。おそらく、あの怨念はその場に残り、【魅せ合い】の中継を見て、憎しみの頂点に達した桔梗さまの憎悪を利用して、体を奪い、力を増したのだ。血の霧の中で、私は妖気《ようき》の核になっているはずの、桔梗さまを探す。けれども、逆方向から、酒呑さまの声も聞こえた。

――莉子、どこ、だ……離れて、は、ならん。

「……ごめんなさい、酒呑さま」

それでも、これは私がケリをつけるべきことだから。ちゃんと、私が向きあわなくてはならないことだから。悲しい泣き声のほうへと、私は走っていく。

だんだんと、それは言葉に変わりはじめた。

――知ってたのよ。

――本当は知ってたのよ。

――私は誰にも愛されてないって、わかってたのよ。

「えっ？」

私は、目を見開く。これは桔梗さまの声だ。けれども、こんなことを考えているなどと、思いもよらなかった。だって、桔梗さまはつねに美しくて、自信にあふれたお方で。

私がそう考えたとたん、目の前の情景がぐらりと揺らいだ。

パンッと、頰を張る音が鳴る。

見れば、桔梗さまが義母さまに平手打ちをされていた。桔梗さまは目を見開いている。

現実を信じたくない。そう思っている彼女へ向けて、義母さまは続けた。

「なんで……なんで、あなたばっかり！」

――莉子がいなくなったら、母さまは爆発されるようになった。

――父さまの私を見る目には、性的な色がある。それを彼女は気づいていたから。

――知っていて、私のほうを怒ったのだ。

――莉子という捌《は》け口《ぐち》がいなくなり、激情を抑えきれなくなったから。

――だから、母さまは私のことが嫌いになった。そして私もおかしくなった。

――莉子が幸福だと知ったから。

――どうして、私じゃないの。

――どうして、あの子なの。

――あの子は悪い子のはずなのに。母さまが、私にそう言い聞かせたのに。

――でもね、本当は知っていたの。

――母さまの言うことは全部嘘。実は私のこともかわいいとは思っていなかった。

――こんなワガママな私を、肉親すら受け止めてくれないのなら、もう誰も。

――いや、鬼なら、それでもと、思いたかっただけで。

「桔梗さま、それは！」

悲痛な声に私は叫ぶ、そうして、血の霧の中で手を伸ばした。早く、早く、桔梗さまを見つけなくては。助けてあげなくては。そうもがくうちに、ふたたび声が聞こえてきた。

――莉子の母親の骨は、私がまいたんじゃないわ。気づいたら、母さまが。

――せめて、私は、約束くらい、守るつもりだったのに。

――死ねと言った。鬼のような女だけれども、それくらい。

――ああ、そうだ。

――私は暴れるようになったけれども、母さまだってひどかった。

――あの日、母さまは父さまのお帰りを待って家に火を点《つ》けようと画策していたから。

――だから、私は起きていて。

――それを止めるために、錯乱の振りをして包丁を持って、ちらつかせていて。

――ねぇ、莉子。

――そんなときに、幸せな。

――幸福だという、おまえがきたから。

――頭が、弾けてしまって。

――【魅せ合い】を見ていたときもそう。母さまが、当てつけにおまえではああはなれないわね、と言ったから。

――父さまが、ならなくていいんだよと、私の肩を抱いたから。

――それで。

粘つく霧が濃くなる。紅色の中にぽつんと一人の女性が見えた。彼女の体からは、血が噴きでている。私にはわかる。桔梗さまは激痛と、憎悪、孤独の悲しみを味わっていた。

その足元を見て、私は息を呑んだ。そこには、父さまと義母さまが倒れていた。

二人とも、背中に刺し傷を負っている。

「父さま、義母さま!」

「…………莉、子?」

桔梗さまが私を振り向いた。その瞳は黒く、虚《うつ》ろで、生気がない。

いつかのように片手に包丁をさげて、彼女は壊れたように嗤った。

「ああ、やっと来たのね、莉子！　鳥のようにおまえも殺さなくてはね！」

――私は、いつのまに、こんな醜い女になってしまったのだろう。

二つの声が、真逆のことを言う。どちらが、本当の桔梗さまなのだろう。私にはわからなくなった。同時に、悟ってもいた。きっと、両方ともが桔梗さまの本音なのだ。人はいろんな側面を持つ。彼女は私に殺意を抱き、私を殺したいと願いながら葛藤《かっとう》もしていた。

ああと、私は思う。ああと、嘆く。

この人はこういうお方だったのか。

かつて優しかった片鱗《へんりん》が、

こんな形で、残っていた。

そんなこと私はまるで。

知ろうともしなかった。

「父さまも、母さまもみんな殺したわ、殺して、殺して、私が酒呑の花嫁になるのよ」

――いやだ、殺したくなかった。殺したくない。もういやだ。もうやめさせて。

二つの声が言う。

桔梗さまは包丁をかまえる。その歪んだ目に涙が浮かんだ。笑ったまま、彼女は泣く。

切実な感情のすべてを残さず受け止めて、桔梗さまの瞳を見つめながら、私は告げた。

「酒呑さまの花嫁は私です。譲ることはできません」

「そう……なら、死ねよ。死んじまいなさいよ」

「でも、ごめんなさい」

ごめんなさい、姉さま。

瞬間、桔梗姉さまの動きが止まった。心から驚いたように、彼女は私を見つめる。

私は腕を伸ばした。その頬に触れて、涙をなぞって、私はなるべく優しく告げた。

「私は桔梗姉さまの苦しみを、ひとつも見ようとはしていませんでした」

「そんな……私は……おまえ……を」

――――そんな、私はおまえを。

「人には人の地獄があるのですね……桔梗姉さま、私はあなたを許します。ここでこうして待っています。だから、どうかそれ以上堕ちずに、こちらへお帰りになってください」

「今さら……私は、そんな」

桔梗姉さまはぶるぶると震えだした。彼女は足元に倒れられた父さまと義母さまを見つめる。そうして、もう一度包丁をかまえなおした。周りの高い声が、口々に嗤い、騒ぐ。


ニクインデショ？

コロシチャイナヨ？

ホラ、コロセヨォ！


その、人には抗《あらが》いがたい誘惑の中、子供のように震えて、桔梗姉さまは。

「いままで、ごめんね、莉子」

そう、吐くようにつぶやかれて。

かつて手を撫でてくれたときと同じ顔で。
包丁の切っ先を、己の胸へと向けた。

「――――ダメです！」
叫び、私は地面を蹴った。

そうし、て、
そう、して。

背中が、熱い。
背中が、痛い。

ぼうぜんと、桔梗さまはささやいた。

＊＊＊

「どうして、どうして、……あんた、が」

「桔梗姉さまに、死んで、ほしくなくて」

私は彼女を抱きしめていた。その包丁の刃先は、私の背中に刺さっている。痛くて、熱くて、でも、冷たい。それをいやというほどに感じながら私はぐらりと倒れた。慌てて桔梗さまが支えてくれる。包丁を抜けばいいのか、どうすればいいのか、彼女は迷ったようだ。どうすることもできず、桔梗姉さまは涙を落とす。

ああ、そうだ。遠い昔、殴打される私を隠れて見ていたときのように。妹のほうが悪いのだと、そう壊れそうな心を守るようになる前に。こうして彼女はよく泣いていたのだ。

「ばかよぉ、アンタァ」

「そうです……莉子は、愚か、ですから」

それでいいのだ。私は、自分をそう定めた。

これはすべて、桔梗姉さまに死んでほしくなかった、私のワガママだ。

「この結果は全部、私のせいなのです……わかってもらえますね、酒呑さま?」

「ああ、そうだな……その女を殺すことを、おまえは望むまい、だが」

耳に心地のいい声がした。私の知ったお方が駆けてくる。酒呑さまだ。彼は桔梗さまの腕から私を奪った。懐かしい匂いがする。冷たくて温かな感触がする。はっきりとその姿が見えないことが悲しくてしかたがない。そんな私を抱きしめて、彼は涙を落とされた。

「いつも、こうではないか、莉子……いつも、おまえはこういう道を選ぶ」

「いつ、も？」

私は不思議に思う。いつもとは、いつのことだろう。けれども、体を覆う凍えるような寒さに、私は不意に頭の中の一部が蠢くのを覚えた。その間にも酒呑さまは言葉を続けられている。

「おまえが死んでみよ。これからの百年を、千年を、おまえのために捨ててやる」

ああ、このお言葉を聞いたのは。

そうだ。彼のもとに来てからが、はじめてではない。

瞬間、私の目の前に記憶の光景が広がった。

七歳のころのことだ。

私は京都陣の外に出た。そこで反アヤカシ団体の過激派が、捕らえたアヤカシの子を檻に入れ、川に投げこむさまを見たのだ。過激派の怒りをおそれて、誰もかかわろうとはしなかった。けれども、私は逆巻く水の中に飛びこんだ。アヤカシの死ぬさまを、見てなどいられなかったから。かなりの、無理をした。七つの子供が二つの檻を抱えて、岸辺につけたのは奇跡に近いだろう。そのとき、意識のもうろうとする私へとアヤカシの一匹が言ったのだ。

——おまえが死ねばあとを追うぞ。優しい娘よ。死んでみよ。これからの百年を、千年を、おまえのために捨ててやる。逝かないでくれ。絶対に、おまえとともに生きるからな。

その後、私は警察に救助され、病院に収容された。いっしょに助かったアヤカシ側は、確かなんども面会を求めたはずだ。これも思い出したが、病室前で懇願する声を聞いた覚えがある。だが、私の母は、目覚めたら事件の記憶がうすらいでいた私に、辛い想いをさせるのをさけるため、それを拒《こば》んだ。

そうして、長い時が経ったのだ。

あのとき助けたのは確か。

小鬼と烏。

まさ、か。

「うそ……ぜんぜん、ちがい、ます」

「あのとき、俺と黒斗は京都陣の一角を焼く派手な喧嘩をして、母さまにより力を奪われ、姿を変えられて、外へ放りだされていたのだ。五大の力を持たない俺なぞの命をおまえは尊んでくれた……あれから絶対に、おまえを嫁にもらうと決めていたのだ。だから、」

どうか死なないでくれ莉子よ。

おまえが死ねば俺はさみしい。

辛くて、悲しくて、さみしい。

「アヤカシなのに、さみしい」

そう、酒呑さまは泣く。このお方にさみしい想いをさせたくない。悲しい想いも、辛い想いもさせたくない。私のさみしさを、とり払ってくれたのはこのお方なのだから。そう、私は必死に手を伸ばす。けれども、もう力が入らない。せめて、私は口を動かした。

酒呑さまが顔をかたむける。

私たちは口づけを交《か》わす。

その、瞬間のことだった。

＊＊＊

「――やっと、おまえにも想い人が見つかったのかい？　酒呑坊」

「えっ」

「へっ」

「えっ」

酒呑さまと私と桔梗さまの声が重なった。

ある女性が、唐突に紅色の世界に現れた。

あまりにも前触れがなく、場違いにもほどがある登場だった。

それをいっさい気にすることなく、死装束《しにしょうぞく》のような白い着物姿で、彼女は大きく胸を張る。いったい、なぜだろうか。その女性の姿は私のかすんだはずの目にもしっかりと映った。寝起きのごとくもじゃもじゃに絡まった黒い頭を掻いて、彼女はかんらかんらと笑う。

「なるほどなるほど、こりゃあ、いい女だ。おまえやったね？　優しくて情の深い子じゃないか。おまえなんぞには、もったいないよ！」

なにが起こっているのかわからない。そう混乱する私の前で、彼女はトントンッと歩かれた。足を伸ばし、父さまと義母さまをつつく。そうして、あっけらかんと続けられた。

「なんだい、内臓には届いていないよ。出血は多いが、まだ息があるじゃないか。全快じゃないけど、治してやるよ、ほれ」

「父さまと義母さまが生きて⁉　ありがとう、ございます。でも、あなたは」

誰だろう。本当にわからない。私はとまどう。

ぼうぜんと、酒呑さまは彼女のことを呼んだ。

「…………母さま、なぜ、ここに」

「酒呑さまの母さま⁉　このお方が⁉」

びっくりして私は声をあげた。五大のアヤカシを産んだ母、尊き女性が、まさか存命だとは思わなかった。それに、それどころではない。必死に、私は起きあがろうともがく。

「ご、ご挨拶《あいさつ》を」

「それどころではないだろう、莉子！」

「そっちは全快で治してやるよ、ほら」

酒呑さまの母上はそうして私の包丁を抜いた。するりと肉の間を刃が滑《すべ》る感覚がした。それだけだ。あとには痛みすらない。さっきまでの寒気もなくなり、視界はきれいに晴れた。思わず、私はぼうぜんとした。あ、れっ、と力の入るようになった両腕を動かす。

「生きて……治って、る？」

「よかった！　莉子！　よかった、俺は……」

「へい、酒呑坊、それどころじゃないよっ！」

母上は手を叩いた。私はハッとする。見れば桔梗姉さまの様子がおかしい。なにかに、彼女は必死に抗っているようだ。その周りには妖気がまとわりついていた。それは無理やり、肉体を奪おうとしている。桔梗姉さまは、顔をあげた。必死に、彼女はうったえる。

「逃げて、逃げなさい！　それか、私を、殺して」

「そんな、桔梗姉さま！　酒呑さま、どうか……」

「しかし、俺の力ではアレを止めることはできない……殺してしまうぞ」

「そうでもないさね」

母上の声がした。酒呑さまは首をかしげられる。突然、彼の頭を母上はぽかりと殴った。思わず、私は状況も忘れてぼうぜんとした。あの酒呑さまを、拳で殴られるお方がいるとは思わなかった。と、いうよりも、なぜ、今殴られたのか。すべては謎に包まれている。酒呑さまは頭を押さえた。彼を見降ろして、母上はケッと短く笑われる。

「な～んで、隠伏している私が、わざわざ姿を見せたと思っているんだい？」

「な、なぜでしょうか、母さま……莉子の前では、やめていただきたい、イターッ！」

「あのねぇ、おまえだけは、ず～っと嫁を見つけず、人を特に大事にもしなかった。だから、私はあの喧嘩のときに、奪ったおまえの力を、完全には返してはいなかったんだよ」

「えっ？」

「そうなのですか？」

思わず、私たちは顔を見あわせた。まさか、酒呑さまは力を一部封じられたまま、今まで大規模怪異を抑えてきたとでもいうのか。私たちの疑問に対し、そうだよ～と母上はうなずく。続けて、彼女は己の胸の狭間《はざま》にずぶりと手を入れた。肉の中を探りだす。

そうして、片手に、銀色の玉のようなものを載せた。

それを、母上は酒呑さまへと思いっきり投げつけた。

「それじゃあ、受けとれ！」

「ぐわあああああっ！」

「酒呑さま！」

なんかすごいことになってしまった。

光の玉は酒呑さまに吸いこまれていく。その全身は黒く輝きだした。卵の殻のような漆黒が固まる。表面に紅い光が奔った。それから黒色はぴきぴきと割れると剝がれ落ちた。

あとには巨大で、醜い鬼が残った。

岩のような肌に黒一色の眼球。

ねじれた、醜い角が光り輝く。

まるで潰した果実のような姿。

「えっ……酒呑、さま、ですか？」

私はたずねる。唸《うな》り声が返った。

それは美しいとはいえない、アヤカシだった。いつもの酒呑さまとは似ても似つかない。これは、本当に酒呑さまなのだろうか。疑問にかられて、私はまばたきをくりかえす。

私の隣で母上はにやにやと嗤った。いじわるく、彼女は私にたずねる。

「いつものかっこうも、ひとつの姿。でも、こっちこそが本当だ。力をとり戻した今、アイツはもう人の姿には戻れないよ……それでもさ。花嫁さんはいいって言うのかい？」

きっぱりと、私は応えた。

「かまいません」

この姿も酒呑童子さまだ。


この世ではじめて私のことを愛してくれたお方。

その事実とその愛しさになんの変わりがあろう。


「私は永遠に、この方のことが大好きです」

「そうかい」

母上はほほ笑んだ。

同時に、桔梗姉さまが絹を裂くかのような悲鳴をあげる。もう、耐えられないらしい。

せめて背中を撫でてあげたい。そう、私が駆け寄ろうとした、次の瞬間だった。

酒呑さまがゆっくりと拳を振りあげた。思いっきり、彼は足元へそれを振りおろした。

風が起きた。

清い、風が。

それは桔梗姉さまの体から、妖気だけを吹き飛ばした。無数の悔しそうな声がひびきわたり、霧散する。紅い霧もともに飛ばされた。空間自体が壊される。夏の空気が体を包んだ。私たちは現実世界へ戻っていた。

「あっ……うっ……」

「桔梗姉さま！」

糸が切れたように、桔梗姉さまは倒れ伏す。私はその体を支えた。小さく彼女は安定した呼吸をしている。どうやら眠っただけらしい。ほっと安心して、私は彼女を横たえた。

顔をあげる。瓦礫《がれき》の中には、酒呑さまがいた。ぐるるっと鳴いて、彼は私を見つめる。

そうして、私に背中を向けようとした。このままだと、彼は私から離れていってしまう。

だから、私は全速力で走った。

「待ってください、酒呑さま！」

そのゴツゴツの顔に飛びつき、口づける。ぎゅっと、私は巨大なお鼻を抱きしめた。

「行かせません、酒呑さま！」

「り、こ」

酒呑さまは濁った声をあげた。彼は私に、細心の注意を払いながら太い指を寄せる。ゆるやかに、酒呑さまは私の頬を撫でた。ふふっと私は嬉しくて、幸せで、笑ってしまう。

「どんな姿でも愛しておりますよ、酒呑さま」

「お、れ、も、だ……り、こ。あいじでいる」

私たちは口づけあう。次の瞬間だった。

ぽんっと酒呑さまは人の形に戻った。

「あれ？」

「えっ？」

抱きあったまま、私たちはぼうぜんとする。まばたきをしながら、私と酒呑さまは目をあわせた。そうして、互いの頬をそっと慈しむように撫でる。頬の輪郭、唇の形、どんな姿でも愛おしい。けれども、こうして、お顔のすべてを手で触れられるのは嬉しいことだった。そのときだった。どこか、遠くから、母上の笑い声が聞こえてきた。

『さっきのは嘘だよ、それじゃあ幸せになんなっ！』

まるで、嵐のようなお方だった。

そう、私たちはうなずきあう。なにかを口にしようとしても胸が詰まって言葉にならなくて。今は他になすべきことがあると、私たちは別々に動いた。

改めて、皆さまの確認をする。父さまにも義母さまにも桔梗姉さまにも、命に別状はない。これから、彼らにとってなにが一番いいのかを考えなくてはならないだろう。酒呑さまが念話での連絡をとった結果、日ごろの怪異に対する避難訓練の成果もあり、周辺の住人にも、被害はないとの話だった。

それでも、問題は山積みである。けれども、考える前に、私は酒呑さまにささやいた。

「ありがとうございました。酒呑さま。おかげで、家族も、私も助かりました」

「まったく、おまえが死んだかと思ったときは肝が冷えたし、死を覚悟したぞ」

「申しわけないです」

「……うん、かわいいから許す」

「そんなふうに、私をすぐに許してしまってはダメですよ！」

「だって、かわいいのだからしかたがあるまい」

「もう！」

そのときだ。がらりと、瓦礫の動く音が聞こえた。見れば、果敢に近くまで来ていたらしい複数の記者と、やじ馬が集まってきていた。彼らの姿を見て、私はあることを思いだす。

「そういえば、【魅せ合い】はなくなってしまいましたね」

「それがだな、莉子」

「なんでしょうか？」

酒呑さまが、急に顔をひきしめた。そうして、彼はあたりを見回した。

なぜか周りの人々はうなずく。満足げに笑って、酒呑さまは続けた。

「【魅せ合い】は最後まで終わっていた。しかも、俺と一緒に出撃するおまえの姿が全国放送で流されてな……凛々しい……健気《けなげ》だと大評判で。あと、血の渦の中での会話も、呪いの声に混ざって、外に漏れ聞こえていたらしい」

「……つまりは？」

おそる、おそる、私は問う。両腕を広げて、酒呑さまは晴れやかに宣言した。

「ぶっちぎりの一位だぞ、莉子よ！」

「えええええええええええっ！」

歓声が起こる。拍手が沸き起きる。口笛が吹かれる。フラッシュが焚かれる。

おめでとうと、誰かが叫ぶ。

酒呑さまは、私を抱きあげた。私たちはぐるぐる回る。舞い踊る。

ぐるぐる、ぐるぐる、ぐるぐる。

だんだん、楽しくなってきてしまった。

私は笑う。酒呑さまも笑う。

「あははははは、とても楽しいです、酒呑さま！」

「いいぞ、莉子よ。笑え、笑え、笑っておくれ！」

やがて、他の五大のアヤカシさまが集まった。

あきれた様子ながらも、皆さまは手を叩いた。

そうして、七月の、まぶしい朝日が、

楽しく笑う、私たちを照らしていた。

エピローグ

なんだかんだで、私は検査入院をさせられた。

酒呑さまは私と離れるのをいやがった。だが、あと始末があると大獄丸さまにひきずられていった。代わりに花嫁さまたちが見舞いにきてくれた。果穂姉さまは負けたわと笑い、美柳さまは意外と大胆だよねーと笑い、神薙さまは愛が深まったようじゃのうとうなずき、蜻蛉は無事でよかったと泣いた。私は皆さまと抱きあって、次々と頭を撫でられた。

そうしてしばらくの間を、私は病院内ですごした。

隣では、伝さまが林檎《りんご》を兎《うさぎ》にし、蜜柑を剝かれた。

桔梗姉さまの体に異変はなかった。ただ、彼女は人が変わったようになっていた。

「本当にごめんね、莉子」

そう、彼女は言った。私たちは、ぽつりぽつりと話をした。

これからしばらくのあいだを、桔梗姉さまは病院で知りあった人たちとともにすごすという。中庭で、重病の子供と仲良くなったとのことだ。彼らのために動きながら今後を考えたいと、そう、桔梗姉さまは語った。義母さまと父さまは離婚するという。そうして両者ともに、もう桔梗姉さまと私には、近づかないと念書を書いてもらった。
最後に、桔梗姉さまはあるものを私に手渡した。
これだけはせめて、せめてと持っていたからと。

母さまの、小さな骨の欠片だった。
ぎゅっと、私はそれを握りしめた。

＊＊＊

なにもかもが大きく変わっていく。
けれども、変わらないものもある。
たとえば、この屋敷の穏やかな空気のように。
そこ退けそこ退け。

やい、道を開けよ。

酒呑童子さまの花嫁のまかり通る。

誰より愛されているお方。

誰よりも優しい、お方よ。

久しぶりに歩くと、小鬼さまたちはそう言ってはしゃいだ。後ろには、伝さまがいる。

私ははやる足で急いだ。そうして、私たちは進んで、不意に、視界は広く開けた。

ざぁっと清浄な風が吹いた。高らかに、小鬼さまが謡う。

酒呑童子さまの花嫁のお着きぃ、お着きぃ。

目の前には古めかしいお屋敷が建っていた。

そして、ここには、おかしなことがひとつ。

今は七月。
夏のころ。
熱のころ。

それなのに、庭には桜が狂い咲いているのだ。
まるで、なにもかもが夢のよう。
ぱちりと、私は目を閉じて、
ぱちりと、開くと人がいた。
いや、人ではない。
そのお方は、とても美しい。艶やかな黒髪に、白い肌。唇は紅く、目は切れ長。
紺色の着物に身を包み、肩に黒の羽織りをかけている。

そして、頭には角があった。
美しい中、そこだけが異形。

鬼。

満開の桜の下に、鬼がいる。

このお方が、酒呑童子。
五大のアヤカシの一名。

そして、私の、愛しい旦那様。

アヤカシの珍しくない京都陣においても。
優雅な立ち姿は、まるで御伽噺のようで。
自然と私は涙があふれてくるのを覚えた。目の前に広がる一幕が、あまりにも美しかったから。あまりにも愛しくて、なによりたいせつだったから。
そうして、彼は私の名前を口にする。

「――莉子」

とても優しく彼はささやいた。
一瞬、遅れて、私は口を開く。

「――はい！」

私は駆け寄る。酒呑さまは、私を抱きしめる。
そうして私の顔をのぞきこんで、彼は続けた。

「待ちくたびれたぞ、俺の花嫁」
「これからは、永遠におそばに」

まっすぐに私の蒼い目を見つめて、
酒呑童子さまは私に唇を落とした。

ここから先は、決まったお話。
私と心より愛するこのお方は。

ずっと、ずっと、幸せになるのだ。

この作品は、書き下ろしです。

〈著者紹介〉

綾里けいし（あやさと・けいし）

2009年『B.A.D ―繭墨あざかと小田桐勤の怪奇事件簿―』（刊行時『B.A.D. 1 繭墨は今日もチョコレートを食べる』に改題）で第11回エンターブレインえんため大賞小説部門優秀賞を受賞し、翌年デビュー。主な著書に「異世界拷問姫」シリーズ、「終焉ノ花嫁」シリーズ、「霊能探偵・藤咲藤花」シリーズ、他多数。

人《ひと》喰《く》い鬼《おに》の花嫁《はなよめ》

2023年8月10日　第1刷発行　　定価はカバーに表示してあります

著者…………………………綾里《あやさと》けいし

発行者…………………………髙橋明男

発行所…………………………株式会社 講談社

〒112-8001 東京都文京区音羽2-12-21

編集03-5395-3510

販売03-5395-5817

業務03-5395-3615

KODANSHA

本文データ制作……………講談社デジタル製作

印刷…………………………株式会社ＫＰＳプロダクツ

製本…………………………株式会社国宝社

カバー印刷…………………株式会社新藤慶昌堂

装丁フォーマット…………ムシカゴグラフィクス

本文フォーマット…………next door design

ISBN978-4-06-532830-9　N.D.C.913　262p　15㎝

講談社
タイガ

綾里けいし

偏愛執事の悪魔ルポ

イラスト
バツムラアイコ

悪魔の夜助《やすけ》が心酔するのは、春風《はるかぜ》家の琴音《ことね》嬢。だが、夜助には悩みがある。琴音は天使のような人格ゆえに、実際に神からも天使候補と目されているのだ。愛する主人を守りたい、けれど未来の天敵を悪堕《あくお》ちさせたい。ジレンマに苦しみながらも夜助は、神からの試練として日々降りかかる事件に挑む琴音に、〝悪魔的〟に手を差し伸べる。悪魔と天使の推理がせめぎ合う、ラブコメ×ミステリー。

講談社
タイガ

友麻 碧

水無月家《みなづきけ》の許嫁《いいなずけ》2
輝夜姫《かぐやひめ》の恋煩《こいわずら》い

イラスト
花邑まい

水無月六花《みなづきりっか》が本家で暮らすようになって二ヵ月。初夏の風が吹く嵐山での穏やかな日々に心を癒《い》やしていく中で、六花は孤独から救い出してくれた許嫁《いいなずけ》の文也《ふみや》への恋心を募らせていた。だがある晩、文也の心は違うようだと気づいてしまい——。いずれ結婚する二人の、ままならない恋心。花嫁修行に幼馴染みの来訪、互いの両親の知られざる過去も明かされる中で、六花の身に危機が迫る。

講談社
タイガ

白川紺子

海神《わだつみ》の娘

イラスト
丑山 雨

娘たちは海神《わだつみ》の託宣を受けた島々の領主の元へ嫁ぐ。彼女らを娶《めと》った島は海神の加護を受け、繁栄するという。今宵、蘭《らん》は、月明かりの中、花勒《かろく》の若き領主・啓《けい》の待つ島影へ近づいていく。蘭の父は先代の領主に処刑され、兄も母も自死していた。「海神の娘」として因縁の地に嫁いだ蘭と、やさしき啓の紡ぐ新しい幸せへの道。『後宮の烏』と同じ世界の、霄《しょう》から南へ海を隔てた島々の婚姻譚。

講談社
タイガ

小島環

唐《から》国《くに》の検屍乙女

イラスト
006

引きこもりだった17歳の紅花《こうか》は姉の代理で検屍に赴いた先で、とんでもなく口の悪い美少年、九曜《くよう》と出会う。頭脳明晰で、死体をひと目で他殺と見破った彼と共に事件を追うが、道中で出会った容姿端麗で秀才の高官・天佑《てんゆう》にも突然求婚され!? 危険を厭《いと》わない紅花を気に入った九曜、紅花の芯の強さを見出してくれる天佑。一方、事件の末に紅花は自身のトラウマと向き合うことに——。

講談社タイガ

凪良ゆう

神さまのビオトープ

イラスト
東久世

うる波《は》は、事故死した夫「鹿野《かの》くん」の幽霊と一緒に暮らしている。彼の存在は秘密にしていたが、大学の後輩で恋人どうしの佐々《ささ》と千花《ちか》に知られてしまう。うる波が事実を打ち明けて程なく佐々は不審な死を遂げる。遺された千花が秘匿するある事情とは？機械の親友を持つ少年、小さな子どもを一途に愛する青年など、密やかな愛情がこぼれ落ちる瞬間をとらえた四編の救済の物語。

講談社タイガ

凪良ゆう

すみれ荘ファミリア

下宿すみれ荘の管理人を務める一悟《いちご》は、気心知れた入居者たちと慎《つつ》ましやかな日々を送っていた。そこに、芥《あくた》と名乗る小説家の男が引っ越してくる。彼は幼いころに生き別れた弟のようだが、なぜか正体を明かさない。真っ直ぐで言葉を飾らない芥と時を過ごすうち、周囲の人々の秘密と思わぬ一面が露《あら》わになっていく。愛は毒か、それとも救いか。本屋大賞受賞作家が紡ぐ家族の物語。